三島由紀夫の沈黙

―その死と江藤淳・石原慎太郎―

伊藤 勝彦

東信堂

三島由紀夫と十五年の交友関係をもった著者は、三島と江藤淳・石原慎太郎との対比を手掛りとして彼の哲学的死の謎に挑戦する

まえがき――弱さから強者への逆転――

偉大な文学者には、生まれながらにして根本的に欠落したもの、弱点といってもいいものをもちながら、それをバネとして、その反対者としての強者を自分の中に創《つく》り出してしまうタイプがいる。

三島由紀夫は幼時、ひよわで、気の小さい、女の子みたいな少年であった。「生れて四十九日目に、しじゅう閉《た》て切った、病気と老いの匂いにむせかへる祖母の病室で、その病床に床を並べて私は育てられた。」（『仮面の告白』全集1*、一七八頁）そしてそこで祖母は十二歳になるまで公威を虜囚《とりこ》にし、嫉妬深く、猛々しく、ヒステリックに両親と外界から公威を守ったのである。五歳の元日の朝、自家中毒をおこし、「その病気は私の痼疾になった。」（同一七九頁）遊び相手としては三人の年上の女の子が呼ばれた。遊びはおのずからオママゴトや折紙や積み木などに限定され、金属性の音のするものはすべて御法度だった。学習院の初等科に入るようになると、病状は跡かたもなく消えた。公威はすぐアオビョウタンという綽名をつけられ、クラスの味噌っかす扱いにされた。夏子の過保護がよけい公威を孤立させた。食事はやわらかい白身の魚にかぎられた。入学前からの病弱と周期性の肺門淋巴腺炎とは、一年生のあいだ公威をして、しょっちゅう学校を休ませ、夏子は前にもましてその健康に目を光らせた。夏子はまた遠足も参加を許さなかった。こうした少年期の環境への公威の反応は、おどろくほど内面的だった。両親はともに、公威が祖母の気違いじみた掣肘《せいちゅう》に抵抗もせずあからさまな感情も示さずに従っていたことに意見が一致している。倭文重《しずえ》が買い与えた玩具を没収しに夏子が飛び出してくると公威はいつも無表情にそれを差し出した。屋外の遊びを禁じられたときも、公威は祖母がそばにおいておくかぎりおとなしく坐って遊んでいた。母親と二人になっても不満を洩らさなかった。うわべからは、公威は運命に身をゆだねきった少年としか見えなかった。父梓によると、「倅は少年時代、よく隣家の塀の節穴を覗《のぞ》きにゆきました。調べてみますと、同年輩ぐらい

＊　三島作品からの引用は、原則として、現在刊行中の決定版全集（1巻から14巻まで）、すなわち新版全集から長編小説の部門を引用し、評論部門のうち『太陽と鐵』は旧版全集32から引用する。それ以外は、単行本、文庫版、『三島由紀夫評論全集』（新潮社）、『三島由紀夫文学論集』（講談社）などからそれぞれ引用する。なお、三島作品以外の引用も含め、一部簡略化した場合もある。

の男の子がさかんに相撲や野球の真似をしたりして楽しんでいるのです。倅は、この自分とまったく別世界で異種の乱暴な遊びが数々行われている不可思議事を何とか理解しようと熱心に覗き込んでいたのか、それともこれに参加できない身の上を悲しみ、彼らに羨望嫉妬を感じていたのか。」(『倅・三島由紀夫』文春文庫、平8、四七頁)

ここで夏子と書かれている祖母の本当の名は奈津で、彼女の祖父の永井尚志《なおむね》は、幕府最後の若年寄をつとめた人であった。その奈津は「狷介不屈な、或る狂ほしい詩的な魂」だった。痼疾の脳神経痛が着実に彼女の神経を蝕《むしば》んでいた。三島は文学者として、また武人として死んだ狂おしい詩的な魂、宿命を受けついだのであろう。同時に祖母の欲望、好み、美意識まで受けつぎ、歌舞伎の血みどろの世界を愛好する趣味まで自分のものにしたのである。

芸術家の内閉的傾向というものは、孤独を愛する性向からというよりも、むしろ外の世界とのつながりを求める強烈な願望の挫折、絶望から生まれることが多い。完全に外界から隔離された世界に生活し、そういう内閉的世界に自足しきっているならば芸術創造の意欲もおこるまい。孤独なエゴを脱出し、現実の行為の形では脱出できないため、作品の創造を通じて仮構の世界、空想の世界に逃亡するのである。

三島は、幼い頃から現実剥離の感覚をもちつづけた人であった。世界はつねに向う側にあり、自分はつねにそこから隔てられて存在している。自分と外界との距離はけっして短縮されることがない。他者は永久にやってくることはなく、連帯の不可能は明らかである。いわば、生まれながらにして、絶対孤独を自分の棲家として生きていた。

江藤淳も生来、虚弱な体質であった。

「私も色々御心配をおかけしましたが、御かげ様で無事に母となる事ができました、今日ではもうすっかり平生通りいたして居りますから他事乍ら御安心遊ばして下さいませ、敦夫も引きつゞき順調に発育して居ります、生れた時は七百匁しかございませんでしたがその後一日平均十匁位に増しまして只今では丁度一貫匁となりました」と彼が四歳半のときに亡くなった母の手紙に書かれている(『妻と私　幼年時代』文春文庫、平13、一二五–一二六頁)。

実際には「六百三匁」という貧弱な体重だったことは母の死後父から聞かされている。昭和二十六年、十八歳のときに「四月、新学期の健康診断で肺浸潤発見され、絶望す」とある(同書の後尾に付された自筆年譜、二〇五頁)。

父が闇で探して来た結核の新薬ストレプトマイシン奏功し、二十本の注射にて快方にむかう。昭和二十七年四月に復学し、二度目の三年生となる。ちょうどそのころ生徒会誌「星陵」が復刊され、同級生・安藤元雄の文章が載っていた。半分馬鹿にしながら開いて見ると「鮎の歌」という安藤の立原道造論が出ていたのでどきりとした。安藤は堀辰雄の熱心な崇拝者で、堀門下の立原についてくわしかったのである。私はこのエッセーに刺激されて何か書きたいと思い、クラス旅行をさぼって軽井沢に行って誰もいない五月下旬の千ケ滝をブラブラしながら、「フロラ・フロアヌスと少年の物語」という題の小説を書いた。軽井沢に行ったのはもちろん安藤経由で、堀辰雄にかぶれていたからである。（同自筆年譜、二〇六頁）

三島にも堀辰雄に一時期影響を受けていた時期があった。三島も江藤も同じように虚弱で、繊細な文学少年であった。三島は自分の中の弱さがいやでいやで仕方がなかった。そこで、自分の反対者としての強者たらんとした**。堀辰雄的な弱さの文学から離れていく。江藤も同じ

** 昭和四十二年に書かれた戯曲『朱雀家の滅亡』の中に、戦時下自分の弱さと怯懦のために、戦争に行かず、名誉の戦死をしなかったことへの悔恨の念が仮構のかたちで語られているような気がする。女中（実は経広の生母）に、「あの子は怖かったのです。子供のころ、あれは臆病な子でしたもの」、「子供心にも、あの子はあなたが臆病をお嫌いなのを知っていました。あなたの目から隠すのはわけもなかった。お上《かみ》お上で夜も日もないあなたの目からは」、「あの子には死への怖れよりも強いもう一つの怖れがありました。もし卑怯な振舞をしたら、あの母の子だからと言われる怖れが。その怖れのためにあの子は自分から死の中へ飛び込むようなふりをしたのです。」 ここには朱雀経広は作者三島の身がわりに南方の島で戦死する役を演じさせられているのである。

ような事情で堀辰雄から離れていく。
昭和二十九年四月、慶応の英文科に進む。この頃、東大仏文に進学した日比谷時代の友人安藤元雄のすすめで、同人雑誌『Pureté』第一号に「マンスフィールド覚書」を書く。題は安藤がつけてくれた。

六月、ある朝喀血し、愕然とする。結核の再発なり。義母は依然として病床にありしため、ふたたび家に二人の病人ある状態となり、暗澹たる心境となる。「文学的なもの」への嫌悪生じる。
最も辛き夏を送る。九月、父高熱を発し、病臥すること数旬、ついに家に三人の病人ある状態となる。ひそかに父亡き後のことを考える。しかし安静度三度にて起つ能わず。切歯扼腕す。仕方なく天井を眺め、耐える。洋書のほかはなにも読まず。
十一月、「『Pureté』第三号に「マンスフィールド覚書補遺」を書く。この療養中に一転機を得る。堀辰雄、立原道造及びその亜流を贋物と感じ、ジョン・ダンの《Love's not so pure and abstract / as they use to say》に共感す。(同二〇七-二〇八頁)
《療養しているうちに、あるとき卒然と堀辰雄はおかしいのじゃないか、あれはペテンだ、と思うことがあった。その補遺のほうで覚書に書いたものを引っくり返したわけです。》(同二

〇八頁）
そのうちに私にある転換がおこった。ひと言でいえば、私はある瞬間から死ぬことが汚いことだと突然感じるようになったのである。さりとて人生に意味があるとは依然として思えなかったので、私には逃げ場がなくなり、自分を一個の虚体と化すこと、つまり書くことよりほかなくなった。（『文学と私・戦後と私』新潮文庫、昭49、二七六頁）

山川方夫が「マンスフィールド覚書補遺」の書き手に注目、学生を介して「会いたい」と伝えてきた。五月、銀座西八丁目の並木通りにあった日本鉱業会館ビルの三階の「三田文学編集室に行くと、山川方夫に何か書くように言われた。

《日本の作家について書け、という。そのとき考えまして、夏目漱石、小林秀雄、堀辰雄、これは否定論ですが、この三つの名前をあげたのです。そうしたら、山川君が漱石がいいだろうというのです。》（前掲『妻と私　幼年時代』巻末の自筆年譜、二〇八頁）

どんな若い人でも、よほど挫折感でもなければ死ぬことを欲しない。三島はラディゲに憧れ、「二十歳の天才作家として夭折《ようせつ》すること」を欲していた。しかし、実際に、今すぐ死ねと言われれば死ぬことはいやなのであった。彼にも臆病なところはあった。三島の推薦で『中央公論』(昭35・12)に掲載された深沢七郎の「風流夢譚」が天皇に対する不敬の廉《かど》で右翼から問題にされ、推薦者の三島も右翼から狙われたとき自室に閉じこもり、木刀をそばにおいて「おびえてふるえあがってた」と弟の千之が証言している。蟹の姿を見るだけで気持が悪くなって逃げだすのも有名な話である。

晩年になって、三島は大義のために死ななければならないというゾルレン(当為)に悩まされていた。「三島さんはいつ死ぬのですか」と突然訪問した少年に言われたとき、普通人では考えられないほどうろたえたのである。日沼倫太郎から「あなたの文学は死によってのみ完成する」と言われると、死の観念にたえず責めさいなまれるというありさまだった。

ゾルレンの論理は大義のために「死ななければならない」と彼を責めたててやまぬ。しかし、生活者のザインの立場は三島美学の完成をひたすら求めてやまぬ。こういう二つの力にたえず引き裂かれている三島が混乱して見えるのは当然であろう。三島も江藤も人間としての本質的な弱さをもった人であった。その弱さゆえに、自分の反対者としての強者を自分に課すのである。その点では、三島も江藤も相似形のように似ている。ただ、江藤は現実の政治的世界の力の論理を明確に認識することができる人だった。だから、三島の政治認識の幻想性を簡単に見透してしまったのである。

その江藤も本質的には弱さの人であり、情の人であった。「心身の不自由は進み、病苦は堪え難し。去る六月十日、脳梗塞の発作に遭いし以来の江藤淳は形骸に過ぎず。自ら処決して形骸を断ずる所以なり。乞う。諸君よ、これを諒とせられよ」という遺書は立派であるが、かつて処女作を書いたときのように、病苦に耐えて、耐え抜いて、ライフ・ワークの『漱石とその時代』を完成することもできたはずだ。暴風の夜の寂しさ、悲しさに耐えかねて、つい死のほうへ向ってしまった事故死のように思えて仕方がない。

「江藤は〝弱さ〟の文人であった、と今思う。その『弱さ』故に、『弱さ』を抱えながら、背筋を伸ばし、胸を張り、誰もが自分の任ではないとする責務を、どのような勇者も尻《しり》ごみするような責務を引き受けてきたのが、江藤淳という人だった」と愛弟子の福田和也が言うのは本当のところであった（福田和也『江藤淳という人』平12、一五四頁）。

三島由紀夫の沈黙——その死と江藤淳・石原慎太郎——／目次

三島由紀夫の沈黙

——その死と江藤淳・石原慎太郎——

I　三島由紀夫と江藤淳

1　青春欠落の男たち

三島由紀夫に招待されて、昭和四十二年に一度、大田区南馬込の三島邸に訪ねたことがある。例の有名なアポロン像のあるヴィクトリア朝コロニアル様式の家である。約束を守ることを大切にする人なので指定された時刻に正確に到着するために努力した。通されたのは書斎で、磯部一等主計の遺稿が机の上におかれているのが印象的であった。「ぼくにはどうやら磯部の霊がとりついてしまったらしい」と言って笑った。名優が役に四六時中とりつかれているように『英霊の聲』を書いているときには主人公が作家にのりうつってしまうのであろう。

「ところであなたは澁澤龍彦のことをどう思いますか」と問われたので、

「たいへん尊敬し、愛読しております」と答えた。

「ぼくは澁澤氏は好きなんだけれどね、彼の奇型好みだけにはついていけない。明晰な、調和的なものにどうしても魅かれるんだよね」と三島氏は言ったのである。

だが、昭和四十五年十一月二十五日の朝日新聞の首と胴体が分離した写真こそ三島のもっとも嫌った奇型《デフォーミティ》そのものではなかろうか。三島の意識はあくまでアポロン的明晰を目指していたとしても、ディオニュソス的混沌への傾斜がどこかにひそんでいたのではあるまいか。

師である川端康成は次のように語っている。

私はただなんとか諫止《かんし》するすべはなかったかと悔むばかりである。私は三島君の「楯の会」に親身な同情は持たなかったが、三島君の死を思ひとどまらせるには、楯の会に近づき、そのなかにはいり、市ヶ谷の自衛隊へも三島君についてゆくほどでなければならなかったかと思ふ。三島君をうしなはぬためにはさうしてもよかった考へてみたりするやうな、それも後からの歎きに過ぎぬ。(『新潮』昭46・1、初出。『川端康成全集』29巻所収)

その後、ぼくは三島の親友であった村松剛に電話した。『批評』のメンバーで、一月二十日に三島由紀夫の追悼会をやるから出席しないかと誘われ、行くことを約束した。それは同時に『批評』の解散会でもあった。『批評』だけでなく、「劇団浪漫劇場」も「楯の会」も三島の私費によって賄われていたのだから、三島が死んだ以上、自然に解散せざるをえないことになるわけである。

『批評』の同人は、三島由紀夫、佐伯彰一、村松剛、遠藤周作、秋山駿、大久保典夫などであった。

ぼくは少し早めに会場に着いたので、村松剛しか来ていなかった。村松家には、三島の死を悼む人たちが何人もやってきて泣きつづけているのでまいってしまったという。そういう村松もかなり感情がたかぶっている様子だった。

「三島はね、川端さんをうらんで、うらんで、うらみぬいて死んだんだよ。」

「おそらく、当分発表されないだろうけどね。三島と川端の間に交わされた最後の往復書簡はかなり激しい不満、反論の応酬に終始したものだった。」

おそらく三島は今何より真剣になっている楯の会のセレモニーに川端康成に出席してほしかったのであろう。そのころ、三島は文と武が到底両立しえないものであることを直観していたが、もともと純粋な文の人である川端に賛成者として武の会のセレモニーに出席してもらうことは無理だつたのである。師である川端先生だけは同情者であってほしいという私情が働いたのであろうか。

「文学者の中で一番憎んでいたのはだれだと思う。」
「さあ、わかりませんね。」
「江藤淳だよ。彼はね、三島のいちばんいちばんいやがることをずばりと言う男なんだね。鏡の中に写した自分がいくら若々しかろうと、自分には見えぬところ、背中に老いがありありとあらわれている、というんだ」

江藤は「三島由紀夫の家」という評論の中で次のように書いている。

氏の外貌は無意識家のあずかり知らない抽象的な仮面に似通っている。要するに、三島に年齢がないゆえんである。そして年齢がないとは、氏に本来青春がなかったことを意味する。青春とは肉体が意識を踏みこえてぶよぶよと膨張する時期、そのために生ずる錯乱を特権とするような季節であるのに、三島には決してこういうことはおこりえなかったから。したがって、氏の中では恒に幼児と老年が同居しているのである。(『群像日本の作家18 三島由紀夫』

平2、一一九頁)

江藤淳の言うことはまさに三島の本質に触れている。父である平岡梓氏の証言するように、「蒸気機関車がものすごい音響を立てながら目の前を驀進《ばくしん》してきたので、ぼくは、しめたぞスパルタ教育のチャンスだとばかりに倅を抱き上げ、機関車に近づき、倅の顔色をうかがったところ、全然反応がなく、能面のような顔をしていた」というのである(『倅・三島由紀夫』文春文庫、平8、四五頁)。

「老年は永遠に醜く、青年は永遠に美しい。老年の知恵は永遠に迷蒙であり、青年の行動は永遠に透徹している。だから生きていればいるほど悪くなるのであり、人生はつまり真逆様の頽落である」(「二・二六事件と私」『英霊の聲』あとがき、昭41、二二二頁)というのが三島の信条であり、青春美に輝いているときに疾駆するように生き、それが燃えつきたとき死ぬというのが彼の理想だった。

彼の憧れてやまない青春美がいつの時代にも本質的に欠けていたと宣告する江藤が憎らしく思えても当然であろう。しかし、晩年の江藤のことを考えると「恒に幼児と老年が同居している」という言葉がそのまま江藤にも当てはまるような気がする。

よく知られているように、江藤は四歳のときに母に先立たれ、病弱で、非常に孤独な家庭環境の中で青春期をすごしてきた。いわば書き、夢想することだけが江藤の青春だった。その点では三島の幼年期と近似している。病床の中で処女作「マンスフィールド覚書」（『Pureté』第一号）を書き、そこでは死について熱っぽく語っていた。つづいて書かれた「マンスフィールド覚書補遺」（同第三号）には、死について語っていた江藤の面影はここにはなく、かわりに『夏目漱石』に見られるような生活感あふれるものに変っていった。

江藤淳に昭和四十二年に発表した『成熟と喪失――〝母の崩壊〟』という評論がある。ここで江藤が心理学者エリクソンの説を援用しながら論じていることなのだが、日本の男性は母親とほとんど肉感的なほど密接な関係で結ばれている。だから、母親の保護過剰で、一人前の男として成熟することがいつでも妨げられている。ところが、アメリカではこれと正反対のことがいわれる。エリクソンによれば、米国の青年の大部分が、母親に拒否されているという心の傷をもっているというのである。米国の母親が息子を拒むというのはやがて息子が遠いフロンティアでだれにも頼れない生活を送らねばならないということを知っているから、早くから子供をきびしくつきはなすというわけである。そういう息子のもっとも純粋なイメージは、やがて目的地についたら屠殺される運命の仔牛の群を率いて大草原を行くカウボーイの孤独な姿を反映している。

ゆっくり行け、母なし仔牛よ
せわしなく歩きまわるなよ
うろうろするのはやめてくれ
草なら足元にどっさりある
だからゆっくりやってくれ
それにお前の旅路は永遠に続くわけではないぞ
ゆっくり行け、母なし仔牛よ
ゆっくり行け。

江藤淳がこの歌を引用するところで、何ともいえないパセティックな感情が胸に迫ってくるのを感じた。四歳のとき、結核で死にかけている母の病床からひき離されて親戚のあいだをたらいまわしされてさすらっていた幼年期の自分と母なし仔牛が同一視されていることは明らかだ。江藤の心の底にひそむ深い傷痕は、安岡章太郎の『海邊の光景』の主人公の母の甘酸っぱい愛の光景とはあまりにも遠く、無縁である。

をさなくて罪をしらず
むづかりては手にゆられし
むかし忘れしか
春は軒の雨、秋は庭の露
母は泪かわくまなく
祈るとしらずや

『海邊の光景』の母親のうたう歌にこめられているのは、成長して自分を離れていく息子に対する恨み――あるいは「成熟」そのものに対する呪詛である。母親は息子が自分とはちがった存在になっていくことに耐えられず、彼が「をさなくて罪をしらら」なかった頃、つまり母親の延長にすぎなかった頃の幸福をなつかしむ。

江藤はそのような幸福を経験したことがなかった。経験するところに行きつく前に母との絆は失われてしまっていた。成長して母の呪縛を断ち切って前進していくところまでいたりつく前に、母との絆そのものが見失われてしまった。母との愛の光景の記憶すらが茫漠たるもので、それは現実認識といえるほど確固としたものになっていなかった。だから、自分が成熟してゆくためにはどこからはじめて、どこに向って成長していくかということをつきとめなければならなかった。このことが『一族再会』という本を書かねばならなかった根本の理由であったと思うのである。

日本の文学者の場合、多かれ少かれ母の問題を抱えている。遠藤周作なども西欧的な父なる神に対し母なる神という異端的立場を構築している。

三島由紀夫の場合も深刻な問題を抱えていたことはよく知られている。彼は生まれて四十九日目に母の手からひき離され、祖母の手で育てられた。祖母は母親の愛情すら狂乱せんばかりに嫉妬するありさまで、「しじゅう閉《た》て切った、病気と老いの匂ひにむせかへる祖母の病室で、その病床に床を並べて」育てられたのである。近所の男の子たちと駆けまわって遊ぶこともなく、祖母の枕元で本を読むだけの自由が与えられるだけであった。

私の官能がそれを求めしかも私に拒まれている或場所で、私に関係なしに行はれる生活や事件、その人々、これらが私の「悲劇的なもの」の定義であり、そこから私が永遠に拒まれているという悲哀がいつも彼ら及び彼らの生活の上に転化されて夢みられて、辛うじて私は私自身の悲哀を通して、そこに與らうとしてゐるものらしかった。(『仮面の告白』全集I、一八二頁)

これは、三島由紀夫の創造活動の秘密を見事に物語っている言葉と見てよいであろう。彼の芸術意欲はすべて、こうした悲劇的感覚から生まれるのである。いいかえれば、「そこから私が永遠に拒まれてゐる」という悲哀の心から、せめて空想の上ででも、自己の内部から脱出しようとする願望が生まれる。これが仮構のかたちで自分以外の他者に化身しようとする芸術意欲に結びつくのである。彼の芸術衝動のすべては、自分を冷たく拒みつづけている世界に対し、せめて言葉の上でも参加したいという願望に発するのである。「言葉に携はる者は、悲劇を制作することはできるが参加することはできない。」(『太陽と鐵』旧版全集32、六八頁) その悲哀の感覚から彼の内部にみずから悲劇の行為者になりたいという「ひりつくような或種の欲望」が生れることになるのである。

恐るべき事態であるが、作家というのは自分の創作のためには不幸を培養してゆくことさえ辞さないところがあるのである。ただし、三島の場合、実の母と引き裂かれ、つねに一定の距離をおいてへだてられているということはかならずしも不幸とばかりはいえない。祖母の深情けという絶対の障害があるとき、母と息子とのわずかの時間の出会いというものが甘美なものとなりうる。つまり、障害があるとき、恋のたかまりに近い感情が生ずる。つまり、三島は幼年期において早くも恋心の機微を経験し、すでに青春の最中にあったといえるかもしれない。

2　母の喪失

ぼくは江藤淳の『一族再会』を再読し、はたしてこれが一人のすぐれた文学者の文学作品といえるかどうか、疑問に思えてきたのである。

この本は昭和四十二年から四十七年にかけて雑誌『季刊芸術』に書きつがれたのち、小休止し、『一族再会 第一部』としてまとめられ、当然、続編が期待されたのだが、第二部は結局出なかった。

小説とも、エッセイとも、評論ともどのジャンルの枠にもおさまらないものである。

これは私的家族のとぎれとぎれの歴史であるが、この歴史はその家族が喚び寄せた時代を捨象しては、叙述することはできない。

「私はジャーナリズムの要請によってこの作品を書いたのではない。自分の生涯の危機を乗り切ろうとして、内から自分を衝き動かすある必然的な力を信じながら、〝いわば、祈るように〟この作品を書きはじめたのである」と〝あとがき〟に書いている。

江藤淳を襲った「生涯のひとつの危機」とは何であっただろうか。桶谷秀昭氏によれば、「十数年前に氏が使った『個人』とか『社会』、『自然』とか『芸術』という言葉が現在おなじように使おうとすると死んでしまうという『批評言語の形骸化』に直面した体験を指しているのであろうか。」（『群像日本の作家27 江藤淳』平9、一五四頁） おそらく桶谷氏の推測は見当ちがいであろう。もっとも私的な内面的危機に直面していたのではないかとぼくには思える。

私が母を亡くしたのは四歳半のときである。つまり、それが私が世界を喪失しはじめたきっかけである。正確にいえば、私が生まれたときすでに、私の家族はひとつの大きな喪失、あるいは不在の影をうけていたのかも知れない。父はまだ十歳のときに祖父を亡くしていたからである。母の死をきっかけにして、私は自分の周囲から次々に世界を構成する要素が剥落して行ったように感じている。（『一族再会』昭48、五頁）

藤枝静男によれば、この作品は作者江藤淳と血をわかちあっている一族、すでに遠い死の暗黒に去っている一族を彼の筆の力でかき集め一族再会を無理矢理実現させ、「それによって自己を確認し、自分自身の魂をしずめようとした試み」であったのである。

二人の曽祖父、二人の祖父、父方の祖母、それから母が、いわば勃興期の日本海軍一族として光栄に輝き、しかも例外なしの失意と病気によって挫折するという、非常に悲しい歴史である。作品全体の印象がパセティックであり、切迫した息使いが随所に聞えるのはこのためである。

現在私の手許にあるアルバムは、家が焼ける一年ほど前に私が鎌倉に持っていったものである。そこにはりつけているのは大体三歳ぐらいの私を中心にしたありふれた家庭スナップであるが、いま私は自分のなかにあるおぼろげな母の記憶がいったい本当の記憶なのか、それともこのアルバムを見ながら自分でつくり出したにせの映像なのか、どちらとも決めかねている。母の記憶はそれほど漠然としていて、遠い。しかしそれとは矛盾するようでいてやはりたしかなことは、私がそれにもかかわらず自分のなかにかすかな母の現存を感じているということだ。いわばそれは靄《もや》のようなもの、あるいは薄明のなかから匂って来る花の香りのようなものにすぎない。(同一一頁)

江藤さんが最初に経験した死者が母であり、母の死以後は、彼に義母や腹違いの妹弟や父や祖母という他者と構成する家族の中で母の不在に耐えるという生き方を強いられたのである。それは家族の中で長男という責任をもった役割に耐えて生きることでもあった。そうとすれば、まだそういう役割を強制される以前の「母のふところに抱かれていた」懐しい時代に帰りたいという退行的衝動に駆りたてられる時があるにちがいない。そして今(この本を書いている時)こそが、その時なのである。母との絆がはっきりとしたものとして確かめられなければ自分の存在の意義さえが不明確なものになってしまうというのが彼の言う「危機」であったのである。

大森荘蔵という哲学者が、『時は流れず』（青土社、平8、二二頁）という本の中で、「過去というのは現在の瞬間に作りだされた命題的なものであって、過去の知覚経験がそのままよみがえってくることはありえない」と言う。もしこれが本当だとすれば、四歳のときの母の記憶を再構成するためには、日本女子大のときの学友や母方の親族の証言などによって母の像を明確なものにするしか方法がないのである。

日本女子大の附属図書館に勤めている相馬文子先生に依頼し、学籍簿のコピーを送ってもらう。それを見ると、いかにも昭和初年の女子大生らしい銘仙の着物に羽織を重ねて耳かくしにした母の写真が勝気そうに眼を見はってこちらを見つめている。成績は上の上で、「性質は快活、物にこだわらず、意志固し」とある。ここから浮び上ってくる知的で勝気そうな娘の映像は、彼の漠然と覚えている母の映像とはそのまま重ならないのである。

母に叱られて押入れのなかに入れられたのは何が原因だったのか覚えていない。そのとき母は細い腕に意外に軽々と私を抱きあげて、「そういう悪い子にはこうしてあげます。しばらくはいっていらっしゃい」と押入れにおしこんだ。私は泣き叫びながら、

「もうしません。もうしませんよう」と繰りかえしていた。そのとき私は母の手で暗いところに入れられるのが死ぬほど厭だった。薄暗い納戸のなかに自分からはいって、内側をかけ

てしまうようになったのは母が死んでからである。（同一五頁）

だれでもこの程度の経験をしている。しかしくりかえし思い出し、懐しむというようなことはしない。なんという女々しさであろう。ここから、後年の一気に作家を斬りすてる剛気な評論家江藤淳がいかにして誕生したのか不思議に思える。しかし、この弱さがあるからこそ強気に生きたのである。

江藤淳はロゴスの人であると同時にそれ以上に深い意味でパトスの人であった。藤枝静男は『一族再会』の書評で、江藤君に感傷的な瞬間があるのを感じて意外に思ったと書いている。『漱石とその時代』にも、「これに相応するような心情的な部分、つまりそれが正しく理詰めの論であるにも拘らず、自然の衝迫に圧されて作者の心情が、流露しているような部分があることを不審に思った記憶がある。」（『群像日本の作家27　江藤淳』平9、一五九頁）

ぼくも江藤の心情のやさしさに触れて感動したこともあった。しかし『一族再会』の中に、これは少し度を越しているぞと思ったところがある。

「祖母は母を亡ぼすことによって自分の不幸の代償を得ようとし」、「母が結核を病んでいることがわかったとき、祖母は頑として入院を許さなかった」と書いている。しかし、「自己の不幸の代償に」相手を犠牲にするというのは重いことである。当時四歳の幼児にそのような大人の心理がわかるはずがない。

祖母があるとき私に母を「悪い女」だといったという事実は私の記憶から消えない。（中略）おそらく祖母は母のなかに「近代」を見、それが父を惹きつけていることを赦しがたい「悪」と見ていたのである。（中略）祖父は海軍という明治の日本の社会でも戦闘効率の必要上もっとも「近代化」していた組織の一員であり、順当に昇進して四十代の前半に将官になっていたからである。しかし、祖母が死んだとき、祖母はいわば夫とともに「近代」を一挙に喪失した。（中略）

母というこの異質な侵入者は、祖母がおそらくそのなかに夫の面影を思い描いて来た長男をたちどころに魅了しようとしていた。つまり祖母は、心理的にいえば配偶者を一度ならず二度奪われるに等しい喪失感を体験することになったといえるであろう。（中略）

母が家風に合わせようとつとめればつとめるほど、祖母は自分が代表している家風の「近代」からの遠さを自覚させられたにちがいない。しかも母は、努力することや受け容れることを知っていても、おそらく姑に甘えることを知らなかったのである。祖母が母の存在そのものを挑戦と感じたのは、母が甘えない女であったからかも知れない。（前掲『一族再会』四〇一四二頁）

このように祖母の気持の内部に深くわけ入って、彼女を許そうと努める。しかし「父が泣いて祖母に頼んでも、やはり入院は許されなかった。」 江藤はそういう祖母のかたくなさを許すことができなかった。なぜなら、そのために彼は自分にとってかけがいのない母を永久に失ってしまったのだから。そのくやしさから「祖母は母を亡ぼすことによって自分の不幸の代償を得ようとした」という、いささか過激な言葉を語っているのである。

江藤にはいわば祖母のわがままから、不当にも母を失ってしまったことがどうしても許しがたいことだった。一族再会を実現しようとしたのは、近親者の証言を集めて、なぜ母が若くして死ななければならなかったか、その理由をつきとめるためであったのだ。母の死は今ではくやんでもくやみきれない不当な事実であった。それが今なおわだかまりとなって心から離れない。危機というのはこういう私的で、内面的な問題のことであったのである。

『なつかしい本の話』(昭53)の中にこういう話が書かれている。二十九年六月のある朝、喀血をし、慶応病院でX線の検査を受ける。

「いいかいここに空洞があるだろう。ここから病巣がひろがって、血管に当ったから喀血したんだ。(中略)血沈値も六〇だからかなり高いし、すぐ切って整形してしまうことだね」と医師はいう。

「切るんですか。すぐに入院させていただけますか?」と私はおずおず訊いた。

「入院するって? ここへかい? ベッドがみんなふさがって、ウェイティング・リストが出来ているんだ。」

「胸廓整形などというのはいまのはやりだ。肋骨を何本も取って、身体をいびつにして、それで結核を治療したつもりになっているのは、医者の自己満足にすぎん」と父はいう。

そんなわけで、江藤は入院させられずに、ストレプトマイシン、パス、ヒドラジッドの三薬併用の化学療法で自宅治療をするという方法を命じられた。

今から考えれば、父の判断は結局正しかったというほかない。江藤の結核は、一度も身体にメスを入れぬうちに進行が止り、そのまま年を経るにつれて固って、米国に留学する直前に聖路加病院で行われた厳重な検査の結果、治癒していると認められるまでになったからである。

父は入院させるという考え方を、ほとんど病的に嫌悪していた。だから亡母も、一度も入院せずに大久保百人町の自宅で息を引きとった。あのころ父に母を入院させるだけの余裕がなかったとは考えられないから、やはり彼は家族を病院の手に委ねるのがよほど嫌いだった

にちがいない。(『なつかしい本の話』一六五頁)

江藤の父の考え方は少しも間違っていなかった。だからこそ江藤は快癒したのである。ここで重要なことは、祖母のわがままから、不当に母を失ってしまったことがどうしても許しがたいことだったと江藤は考えたが、実はそうではなかったのである。すべては父の考えによっておこったことだった。そして、それは基本的には正しい考え方であったのである。ストレプトマイシンなどの薬が入手できる情勢になってさえいれば母を失うことはなかったのである。「自己の不幸の代償に」祖母は「頑として入院を許さなかった」というような事実は実際にはなかったのである。四歳の幼児のそんな推測を昭和四十八年までもちつづけたというのは、あまりにも江藤にとってかけがえのない人の不当で、悲しい死を悼むあまりであろう。しかし、すべての責任を祖母におしつけてしまったのは間違っていた。四歳の幼児の推察を『一族再会』のとき(昭和四十八年)まで持続していたというのは異常なことである。

江藤にとって自分の喀血、カリエスを病んでギブス・ベッドに寝たきりになっている義母、その上、父まで高熱を発して病臥すること数旬というのはあまりにも悲惨なことであったにちがいない。しかし、そうしたあまりにも私的な各個人の秘密や名誉に関する重大事を一篇の文学書として公開することがはたして適切なことであったか。その一点がぼくには疑問であると言いたいのである。

三島由紀夫は『三田文学』（昭43・4、六頁）に、「秋山駿との対談」において、「江藤君の場合でも、『一族再会』において自分の〈弱さ〉の表白をしているという点でこれを拒否する」と言っている。「同じことは小島信夫の『抱擁家族』や安岡の『幕がおりてから』についてもいえる。実のところ、われわれは人の悲劇などにそんなに興味はない。人が破産しようと、病気になろうが、死のうが、われわれはのんきに生きている。世間というものは人間の悲劇なんかに興味をもたないものだ。そういうところからぼくの文学は出発したつもりだから」と語っている。

3 ナルシシズムの文体

江藤淳は『作家は行動する』（昭34）の中で、三島由紀夫について触れている。三島の場合、私小説的「非文体」からフローベール流の古典的「文体」への転換を考えていた。

《Le style, c'ests une manière de voir》と言ったのはフローベールであったが、三島の文体は《c'est une manière de se regarder》といったほうが適切である。要するに、ことばは自己のみを映す鏡であればいい。三島由紀夫はみずからの文体観について次のように語っている。

……一つの作品において、作家が採用してゐる文体が、ただ彼のザインの表示であるならば、それは彼の感性と肉体を表現するだけであって、いかに個性的に見えようとも、それは文体といえない。文体の特徴は、精神と知識のめざす特徴とひとしく、個性的であるよりは普遍的であろうとすることである。ある作品で採用されてゐる文体は、彼のゾルレンの表現であり、未到達なものへの知的努力の表現である故に、その主題の関わりを持つことができるのだ。何故なら文学作品の主題とは、常に未到達なものだからだ。（「自己改造の試み」『三島由紀夫評論全集』〔以下評論全集と略〕昭41、四二二頁）

この意見の前半は、私小説的な文体、ものに触れる素朴実在論に裏付けられた「非文体への絶縁宣言である。「未到達への努力」という点で行動の契機をも含んでいる。しかしその未到達なものとは何か。おそらくそれは「美」であって、この場合の文体は「美学」をあらわすものでしかない。

私に或種の眩暈《めまい》がなかったと云っては嘘にならう。私は見てゐた。詳《つぶ》さに見た。しかし私は証人となるに止った。あの山門の楼上から、遠い神秘な白い一点に見えたものは、このやうな一定の質量を持った肉ではなかった。あの印象があまり永く醗酵したために、目前の乳房は肉そのものであり、一個の物質にしかすぎなくなった。しかもそれは何事かを愬《うつた》へかけ、誘ひかける肉ではなかった。存在の味気ない証拠であり、生の全体から切り離されて、ただそこに露呈されてあるものであった。

……ふしぎはそれからである。何故ならかうしたいたましい経過の果てに、やうやくそれが私の眼に美しく見えだしたのである。美の不毛の不感の性質がそれに賦与されて、乳房は私の目の前にありながら、徐々にそれ自体の原理の裡にとぢこもった。薔薇が薔薇の原理にとぢこもるように。

私には美は遅く来る。人よりも遅く、人が美と官能とを同時に見出すところよりも、はるかに後《あと》から来る。みるみる乳房は全体との連関を取戻し、……肉を乗り越え、……不感のしかし不朽の物質になり、永遠につながるものになった。

私の言おうとしてゐることを察してもらひたい。又そこに金閣が出現した。といふよりは、乳房が金閣に変貌したのである。

私は初秋の宿直《とのゐ》の、颱風の夜を思ひ出した。たとへ月に照らされてゐても、夜の金閣の内部には、あの蔀《しとみ》の内側、板唐戸の内側、剥げた金箔捺しの天井の下には、重い豪奢な闇が澱んでゐた。それは当然だった。何故なら金閣そのものが、丹念に構築され、造型された虚無に他ならなかったから。そのやうに、目前の乳房も、おもては明るく肉の耀きを放ってこそをれ、内部はおなじ闇でつまってゐた。その実質は、おなじ重い豪奢な闇なのであった。（中略）しかし深い恍惚感は私を去らず、しばらく疲れたやうに、私はその露はな乳房と対座してゐた。（『金閣寺』全集6、一六一－一六三頁）

この文体のあたえる感触はひややかな化粧レンガの感触である。石原慎太郎氏の文体とは逆に、それは参加されることを要求していない。単に見られることを要求している。ただそこには「乳房の原理」にとじこめられた露わな乳房を凝視している主人公のように、美をみている作家の横顔があるだけである。作家が自分にみいっている。ナルシシズムの文体とはこのようなものであって、それは作家の横顔があるだけである。作家以外のあらゆる人々に対して閉ざされた世界をかたちづくっているのである。（『江藤淳著作集5 作家は行動する』昭42、九九－一〇一頁）

この世評高い作品は三島美学の最高峰として多くの人を感嘆させたものである。それだからこそ、まだ若かった江藤はこの評価を根底からつき崩してみせたかったのであろう。彼は分析の魔となって、ここにナルシシズム以外のものを見ようとしない。ナルシストは行動しない。自分が造りだした美を人が見ることだけを要求する。三島はけっして江藤の考えたようなナルシストではない。彼は自分を見せることではなく、自分の反対者に化身することをひたすら求めてきた。彼はたえず、文体上の実験を行っている。『金閣寺』のような華麗な文体だけでなく、『潮騒』のような素朴で簡明な文体を試みることもある。彼は新しい美、新しい文体を発見しようとして、たえず探究を続行してゆく行動者であった。江藤はあまりにも豪華絢爛たる文体よりも、枯淡で飾らない文章を期待しているのだろう。作者は文章の背後に隠れていて、読者にその存在を気付かせないことが理想だと考えているのだろう。三島はその程度の芸は簡単にやってみせることができる。あまりにも簡潔な文章で淡々と語られているために、作品の圧倒的な美に幻惑されてしまうこともあるのである。

他者を批判する原理はそのまま自分自身にふりかかってくることがある。江藤がやがて書く『一族再会』の中で、ふつうは人に絶対に語るべきことでないような自分個人の秘密をあからさまに露呈してしまうのである。三島の露出癖をあれほど嫌いつづけた人がなぜ自分も同じ過ちを犯してしまうのだろうか。いつも剛毅を装って一言のもとに人を斬りすててきた人が、一度、自分の本質的な弱さを見せてしまえば、批評家としての威信も失われてしまいかねないのである。

江藤は三島由紀夫の代表作といわれるものをほとんど評価しなかった。『金閣寺』(昭31・10)、『鏡子の家』(昭34・9)、『宴のあと』(昭35・11)、『午後の曳航』(昭38・9)、『絹と明察』(昭39・10)、

『豊饒の海』（昭42・1〜45・11）、そして思いがけない作品を褒めているのである。たとえば、『憂国』（昭36・1）について次のように語っている。

　この短篇はおそらく三島氏の数ある作品のなかでも秀作のひとつに数えられるであろう。昭和十一年二月二十八日、すなわち二・二六事件の翌々日、新婚間もない近衛歩兵第一連隊の武山信二中尉夫妻が自殺した。叛乱軍に参加した親友たちと「皇軍相撃」の惨をおかすに忍びないからというのが遺された遺書の文面であるが、この理由は作品の主眼とはあまり深い関係がなく、またあるわけもない。作者の目的は、中尉と夫人が「大義に殉ずる」という公的に「聖化」された喜びのために、「私」の枠を超えて一層高く燃え上る性の歓楽をつくす――そしてその光芒の明るさは、正確に前提とされる「自害」という事実の暗さに比例する、という過程を出来得るかぎり細密にたどるところにあるからである。「帝国陸軍」の叛乱という政治的非常時の頂点を「政治」の側面からではなく、「エロティシズム」の側面からとらえようという、三島のアイロニー構成の意図は、ここで見事に成功している。割腹した夫の返り血をあびて白無垢を紅に染めた中尉夫人が、血にすべる白足袋をふみしめて死化粧に立つ姿などは、三島流のエロティシズムの極地ともいえるに違いない。（江藤淳『全文芸時評』上巻、平1、一〇一頁）

これは三島美学を深く理解した見事な評論であると思う。だが、江藤流の文体論からいえば評価できる作品ではありえないはずである。というのは、これこそ作家が自分自身を見せる種類のナルシシズムの文体の典型というべきものであるからである。要するに、緊張した美に輝く文体であれば評価されるのであり、ナルシシズム云々ということなど少しも関係ないのである。作者は作品の背後にかくれていて、主人公と一体となっている。

『鏡子の家』が失敗作であるという世評を決定づけたのは、江藤の有名な評論、「三島由紀夫の家」であった。

『鏡子の家』は長編小説として書かれた。そして長編小説として失敗している。小説としてこの作品を読めば、これほどスタティックな、人物間の葛藤を欠いた小説もめずらしいのである。女主人公の鏡子は、名前が示すように四人の現代青年の類型を反射する「鏡」であるが、この「鏡」には裏表がないので、二人の人物が対面しようとしても、自分の顔が見えるだけで相手の存在に気がつかない。あるいは相手の影をみとめても、この冷ややかな「鏡」の存在にへだてられて相手の肉体に触れ合うことができない。つまり人物たちはすべてナルシスティックであり、ナルシストからは「他者」も「外界」も飛びすさって行くのが当然である。（『群像日本の作家18　三島由紀夫』平2、所収、一二二頁）

しかし、三島はもともと最初から二人の人物の対面や葛藤のドラマを書こうとしたのではない。鏡子の家にやってくる男たちは全く相互に交渉関係のない、独立した人物である。ただ一つ、共通点は戦後の世界に退屈していて、世界崩壊を夢みているということである。

わたしは夕な夕な
窓に立ち椿事を待った、
凶変のだう悪な砂塵が
夜の虹のやうに町並の
むかうからおしよせてくるのを

一九四〇年一月の日付がある、この「凶《まが》ごと」という詩には、江藤の言うとおり、三島由紀夫の主調音がかくされていた。「彼の少年期には、明るい外光のうちに、どこまでも瓦礫がつづいてゐたのである。日は瓦礫の地平線から昇り、そこへ沈んだ。ガラス瓶のかけらをかがやかせる日毎の日の出は、おちちらばった無数の断片に美を与へた。この世界が瓦礫と断片から成立ってゐると信じられたあの無限に快活な、無限に自由な少年期は消えてしまった。今ただ一つたしかなこと、巨きな壁があり、その壁に鼻を突きつけて、四人が立ってゐるといふことである。」(同一二九頁)

田中西二郎氏によれば、この作品は《メリ・ゴオ・ラウンド方式》と名付けられる構成をもっている。学生拳闘家の峻吉、美貌の無名俳優収、天分ゆたかな童貞の日本画家夏雄、世界の崩壊を信じている貿易会社社員の清一郎、この四人は同格の主人公であり、それぞれ自分の生き方に自信をもち、ストイックにその生き方を追究するゆえに他人の交渉を許さない。かれらはたまたま「鏡子の家」をサロンとする友達であるというだけで、めいめい勝手に自分の軌道の上だけを歩いている。その点では『豊饒の海』の主人公たちと同じように、相互に同一の時点において絡みあうことがなく、互いが互いの運命に干渉もせず、影響を受けることもない。物語は、一九五四年四月から一九五六年四月までの満二年間に、かれらの運命は上昇し、そして下降する四本の平行線条を描くことで成り立っているのである。いはば四人のストイケル(克己主義者)の rise and fall の物語とでも名付けようか。

サマセット・モームが青年時代に、これと同じ試みをした小説の題名が『メリ・ゴオ・ラウンド』だったが、モーム自身の記すところでは失敗作だったそうな。この千枚におよぶ大長篇『鏡子』が《メリ・ゴオ・ラウンド》の方式だということを念頭においた上で評価を下すべきだろう。遠藤周作の最後の作品『深い河』もこの方式にのっかって書かれている。来世で会うというテーマもひきついでいる。かなり三島由紀夫を念頭において書いているようだ。文壇では遠藤の『深い河』についての評価が分れているらしいが、ぼくは成功作であると思っている。

三島由紀夫は捲土重来の意気込みでこの長編小説にとりかかったのだが、評論家たちの批評は惨憺《さんたん》たるものであった。このことによる三島の落胆ぶりははた目にも無残というほかなかった。うさばらしに映画「から風野郎」に出演してみたが、気持ははれなかった。「自作のなかでいちばん好きなのは」というアンケートに『鏡子の家』と書いたことからもわかるように自分では傑作だと思っていたのである。晩年になって自分を少しも理解しようとしない批評家たちに対するいやがらせともとれる作品を書いたのも、この時の無念をはらすためでもあったのである。たとえば『英霊の聲』(『文芸』昭41・6)などはその種の作品といえるだろう。江藤は『全文芸時評』で次のように語っている。

三島由紀夫氏の『英霊の聲』は、未曾有の物質的繁栄のなかにいながら、不思議にみたされぬ渇いた心をかかえて暮している国民心理の空隙を機敏にとらえたセンセーショナルな問題小説である。氏の『憂国』という小説もやはりセンセーショナルであったが、そこではまだ文体の緊張がある美を凝固させていた。しかし、『英霊の声』から感じられるのは露出された観念である。言葉をかえれば『憂国』が審美的なのに対して『英霊の聲』はイデオロギー的である。さらにいえばエロスを主題にした『憂国』が意外に清潔であったのに対し、この『英霊の聲』は妙に猥褻である。（中略）

この作品は、三島氏の勇気からというより、むしろ氏の精神の露出癖から生まれたもののように思われる。（前掲『全文芸時評』上巻、平1、三四八－三四九頁）

三島がこの作品を書かざるをえなかった理由は「精神の露出癖」というものでなかったことは確かである。「私の中の故しれぬ欝屈は日ましにつのり」、「徐々に、目的を知らぬ憤りと悲しみは私の身内に堆積し、それがあの二・二六事件の青年将校たちのあの劇的な慨《なげ》きに結びつくのは時間の問題であった。」 つまり、書かずにはおさまらないという内面の欲求があったからこそ書いたのである。

自分の連続性の根拠と、論理的一貫性の根拠をどうしても探り出さなければならない欲求が生れてきていた。これは文士たると否とを問わず、生の自然な欲求と思われる。そのとき、どうしても引っかかるのは、「象徴」として天皇を規定した新憲法よりも、天皇御自身の、この「人間宣言」であり、この疑問は自《おのずか》ら、二・二六事件まで、一すじの影を投げ、影を辿って『英霊の聲』を書かずにはいられない地点へと私自身を追いこんだ。（「二・二六事件と私」『英霊の聲』昭41、二二九頁）

江藤淳の名誉のために、彼がいついかなる場合でも三島の作品に嫌悪と拒否反応を示しつづけたわけではないことを付言しておくことが公平の原則のために必要であろう。江藤は三島の戯曲作者としての才能だけは無条件に認めるのである。とくに、『サド侯爵夫人』については寛大なのである。

この戯曲は、澁澤龍彦氏の「サド侯爵の生涯」に拠るという断り書きがついているが、内容はかならずしも史実に忠実ではなく、三島氏によって自由な劇的脚色が行われている。この戯曲にはひとりの男も登場せず、サドという不思議な人物の輪郭は、全幕を通じて女性の登場人物の口をかりてさまざまになぞられる仕組みになっている。（中略）

劇の中心をなす軸はサド侯爵夫人ルネとその母親モントルイユ夫人の対立である。モントルイユ夫人は俗物の代表であり、その世間智を傾けてサドという異常な加虐の情熱にとりつかれた男を娘のルネから遠ざけようと奔走する。一方「貞淑」な侯爵夫人はほかならぬ、その「貞淑」さへの執着によって逆に夫の現実破壊の祭儀にひきつけられ、ついにその巫女を演じさえするのである。（中略）

「鞭《むち》とボンボン」で象徴されるサドの現実破壊の行為は、結局彼が創作した『ジュスティーヌ』における現実世界の空無化にくらべればはるかに不徹底なものであった。そのことを認めた侯爵夫人は、夫がいわば裏側から登りつめた天国に表側から推参すべく、修道院入りを決意する。その決心は夫の帰館を告げられても変らないのである。（中略）

私は三島氏の思想に、というよりはそれを支える論理に抵抗感を覚えがちな者であるが、ここではその論理を載せてうねるせりふのうまさ、めりはりのよさに氏の戯曲家としての技術的成熟の跡を見ないわけにはいかない。三島氏は「熱帯樹」以来くりかえしてこういうせりふを試みて来たが、ついに一応の成功を収めたのかもしれない。（前掲『全文芸時評』上巻、三〇四頁）

さすがに江藤氏の作品理解は正確である。これまで小説の文体にかんしてはつねに否定的であった。たとえば、「月澹荘綺譚」の冒頭の伊豆下田の海を描写する美文が芝居の書割りのように人工的な風景を今まで三島氏は幾度となく描いてきた。「しかし今度は（中略）かつてそういう書割りの世界と作者を結びつけていた陰微な緊密な関係が喪われ、氏の文体が今は産卵を済ませたサケのようにやせたものに感じられるのである。」(同二四四頁)そこまで言うことはないじゃないかというほど、江藤氏の酷評はすさまじいものになってきた。ところが戯曲の文体にかんしては「技術的成熟の跡」を認めざるをえなかったのである。江藤が三島を嫌ったのは、彼のエキジビショニズム(露出癖)みたいなところで、それがどうにも我慢がならなかった。しかし、晩年の戯曲がいずれも傑作であることを認めないわけにはいかなかったのである。

中村光夫が三島の批評はなかなかいいと言うのに対し、江藤はいいと思うが、「三島さんの批評は、いつでも三島さんの顔のほうを見せていた」と反論する。つまりナルシシズム批評ということを言いたいのだろうが、厳密にいうと、どんなすぐれた批評にも自己批評という側面がある。江藤の批評にも自分自身のほうに顔を向けるという側面があったことを否定できないはずである。そもそも無私の批評などというものがありうるだろうか。他人を批評するときには、だれでもしらずしらず自分にひきつけて批評しているのである。

4 シアトリカルな文体

江藤淳は中村光夫との対談(『新潮』臨時増刊「三島由紀夫読本」昭46・1)の中で次のように語っ

ている。

昭和四十五年の正月、ある外国の出版社の副社長が日本に来て、その人から三島と江藤の二人が食事に招待された。「三島さんは、最近あちこちに発表しておられたような政治思想の話をしていました。具体的な東大紛争の話にも触れながら、今度の激文にあるような思想を説いていました。……そうすると外國人はびっくりしてしまって、私の意見を聞きました。それで、三島さんのご意見には非常に鋭いところがあるけれども、あまりに文学的だと言ったんです。現実の政治の過程に引きくらべてみると、常識で考えてみて、少し飛躍がありすぎて、それ自体詩のような感じがするというようなことを言った。

おそらく江藤淳くらい三島の嫌がることをずけずけいえる男はいないだろう。

別れるときに車が來まして、たしかみぞれか雪が落ち始めていたような気がする。「大江君はこのごろどうしている?」と言われた。「さあ、ぼくはこのごろ大江君に会いませんから知りません」。「そうかい、じゃ」と言ってむこうを向いたとき、何か年をとったな、という感じがした。前から見ているときの三島さんと比べて、その首筋はそう言っちゃ失礼だが、老い

の影すら見えるという感じがした。（中略）

この人は急いで生きているというか、テンポの早い人生を生きているなあと思いました。

（傍点筆者、同二五七頁）

おそらく江藤ほど三島を怒らせた男は他にいないだろう。しかし江藤はかならずしも悪意でこのように語っているのではないと思う。三島の本質をかなり深いところでとらえている。

三島さんは法科の学生のときに、訴訟法がよく出来たそうですね。刑事訴訟法の団藤さんの教室に出ておられて、とてもよくできるので、学校に残らないかといわれたという話を、三島さんと同時期に東大の法学部を出られた方から聞いたことがあります。

その人はなかなか文学趣味もある人で、三島さんの文学は刑事訴訟法によく似ているというのですね。つまり訴訟法というのは、手続法ですから、実体と関係なく自己閉鎖的に論理照合する法体系だというのです。物、ザッへと関係なく体系をつくり上げていくという点では訴訟法一般によく似ているという。（同二六〇頁）

三島はたしかに実際の事象と関係なしに、自己閉鎖的な観念体系を作り上げ、その中での論理的一貫性を追求することが何よりも得意だった。

「三島さんの風景は、どこかアーティフィシャルな風景で一つ一つの言葉に対応する現実のものは必ずしも浮ばなくてもいいようなところがある。ぼくはまず『金閣寺』でそれを感じました。成功した、完成度の高い作品だから、なおさら、そういうふうに感じられる気がしました」

と江藤は言う。彼は何よりも三島の戯曲に感心している。


浅利慶太に言わせると、三島さんの芝居は澁柿の翌年に甘柿がとれる柿の木のようなもので、成功作と不成功作が互い違いに出る……というのですけれども、晩年は続けざまによかったように思う。『サド侯爵夫人』からあと、『朱雀家の滅亡』だって、とてもよくできた本だし、『わが友ヒットラー』も、ちょっと余裕がないような、遊びがなさ過ぎるという感じはありましたが、とにかく戯曲家としたら、三島さんは初期から晩年に至るまで、一作ずつ何か新しいことをやって戯曲家としての文体を完成してこられた。ちょっとほかに比べようがない、すぐれた戯曲家じゃないでしょうか。(同二五八頁)

江藤の批評はまさに正鵠《せいこく》を得ている。

ぼくの解釈では、小説もどっちかというとシアトリカルに書いておられる面がある。特に『鏡子の家』以後のものに多いんじゃないか。『絹と明察』だったか、新橋の芸者上りの女が、工場の寮母になって行くところで、汽車のシートの上にぞうりを脱いですわっちゃってって、ミカンの皮か何かを足袋の先でちょっとつまんで捨てるという、小説的な色っぽい、印象的な描写があった。三島さん、ずいぶん凝ったなと思って読んだのですが、不思議な感じがしたのは、その描写から、汽車のシートの汚れが浮んでこないのです。水谷八重子か何かが新派の舞台の上でフッとそういう動作をしたような感じがするのです。たとえば永井龍男さんがそれと同じような描写をされたら、必ず汽車のシートにほこりが浮いているところがスッと浮んでくるように書くでしょう。そう描いてなくても見えるでしょう。それが三島さんの小説には不思議になくて、いつも白塗りであるということですね。人間の肌は、どんな美女の肌であっても、それが人間の肌であれば、やや気味の悪いところがある。シミがあるとか、傷あとがあるとか、蚊に刺されたようなところがある。三島さんはそういうものを小説では書いたことがない。ところが戯曲は、こっちから見ていると、逆にそういうものが見えてくるのですね。(同二五八頁)

問題のシーンは正確には次のとおりである。

電車が短いトンネルをくぐると、ふたたび湖は野のかなたに、白い一線を浮ばせはじめた。能登川のあたりから、電車は俄かに空《す》いた。菊乃は一人きりになった座席に、くつろいで横坐りになり、さっきの僧侶が知らずに敷いていた一片の蜜柑《みかん》の皮を、まっ白な足袋の爪先《つまさき》でつまんで床《ゆか》に落した。（新潮文庫、昭62、三九頁）

芸者上りの菊野が二十年近い関係の旦那に死に別れ、遺言で多少の遺産を分けてもらい芸者をやめる決心をする。琵琶湖畔の製紙会社の女子工員寮の寮母になるために駒沢善次郎社長に電車に乗って会いに行く途中の一場面である。

「色気一つ出さない駒沢は、菊野のはじめて見るタイプの男で、そのとき菊野はすっかり白粉《おしろい》を落してきた自分の素顔の年齢を忘れていた」とある。

原文はわずか二行の描写であるが、芸者上りの女の品のなさというものがよくえがけている。「その描写から、汽車のシートの汚れが浮んで」くる必要はない。終わりのところで、死の床にあった駒沢につきそって看護していたときの彼女は白塗りであった。

菊野は鼻梁《びりょう》を旭に光らせて、口をうつろにに空けて眠っていたが、時折瞼が小刻みに痙攣《けいれん》し、鼾《いびき》はあたかも鎖を引きずり出したり入れたりするようにつづいていた。濃い白粉に包まれていると、気品さえ備わってみえる秀でた鼻梁が、浅黒い地肌《ぢはだ》の脂《あぶら》を光らさせているさまは、一つには献身の表示であるが、一つにはもはや病人の男の目を少しも怖れていない証拠でもあって、駒沢の癇《かん》にさわった。それよりも、この鼾には、病人に対してあまりに無礼な、猛々《たけだけ》しい生命力があって、菊乃がどんな辛酸もものともしない無神経な農村風の活力を保っていることを示していた。それを見ると駒沢は自分の風雅な繊細さをしみじみと感じ、これに耐えられないのは尤《もっと》もだとわれながら思った。（同二八六頁）

この文章には「人間の肌であれば、やや気味の悪いところがある」ということが見事に描かれている。「三島さんはそういうものを小説では書いたことがない」という見解が間違っていたことが、ここにはっきり証示されている。

『絹と明察』は、『金閣寺』や『宴のあと』と同様にモデル小説であるが、そのいずれもがきわめつきの傑作であることが面白い。

『絹と明察』は江藤の言うほどシアトリカル（演劇的）ではない。むしろ、きわめて小説的な小説である。『鏡子の家』（昭34・9）以後に、『獣の戯れ』（昭36・9）のように幽霊能の形式、『英霊の聲』（昭41・6）のように修羅能の形式で書かれたものなどシアトリカルな作品がふえてくる。しかし、初期の代表作『仮面の告白』や『禁色』は演劇的ではない。三島は短篇小説の名手であったこともよく知られているが、その中には「獅子」のようにそのまま戯曲作品に転化させることができるものもある。しかし、「サーカス」(昭23・1)、「怪物」(24・12)、「親切な機械」(24・11、)「真夏の死」(28・2)、「海と夕焼」(30・1)、「スタア」(35・8)、「百万円煎餅」(35・9)、「剣」(38・10)、『仲間』(41・1)、「荒野より」(41・10)、蘭陵王(44・11)などのように短篇小説の特性を生かした名作もあるのである。このように見てくると、江藤の三島評価にある種の偏《かたよ》りがあったことは認めざるをえないと思う。

5　世界憎悪の文学

三島由紀夫は生涯を通じ、「世界から拒まれている」という悲劇的感覚をもちつづけた人であった。彼が幼くしてフィクションとしての文学に魅せられたのは、それが現実を自分の掌中に収める唯一の手段であったからである。しかし、フィクションとして構築された世界をものにしたからといって、ありのままの現実に触れたことにならないのはいうまでもない。ものを書く彼の手が触れた瞬間に、所与の現実はたちまち瓦解し、変容してしまう。どこまでいっても彼の手はありままの現実を掌握することができない。ものを書きはじめたときから、こうして、彼は「言葉と現実との齟齬《そご》」に悩みつづけなければならなかった。

そこで私は現実のほうを修正することにした。幼時の私に、正確さへの欲求が欠けていたというよりも、むしろ正確さの基準が頑固に内部にあったというほうが当っている。私はベットの寸法にあわせて宿泊者の足を切ってしまうという盗賊の話が好きだった(「電燈のイデア」『蘭陵王』新潮社、昭46、一三九頁)

現実はつねに彼を拒みつづけ、彼はつねに贋物の世界しか手にすることができない。こうまで扱いにくい世界に対する憎悪の念がやがて抑えがたく彼の内部に萌してくる。その感情も最初のうちは、自分の創り上げる作品世界の中で専制君主となることで満たされる。現実の中に彼の内部に呼応するような何物かが欠けているなら、それは彼に対する侮辱と思われ、世界を自己流に思うまま造り変えることに熱中する。こうしてでき上ったお伽噺のような虚構世界にとりかこまれて生きていれば、ますます現実からの隔絶感が深まってくる。それが耐えられなくなると、いっそのこと〝世界を壊してしまえ〟という強暴な感情が芽生えてくる。彼の創作衝動の背後には、つねにこうした復讐の情念が隠されていたのだ。

彼はかつて、「窓に倚りつつ、たえず彼方から群がり寄せる椿事《ちんじ》を期待する少年」(『太陽と鐵』

旧版全集32、一〇〇頁)であった。自分の力で世界をたぐりよせ、自分の思うままにそれを変えることができないものなら、世界が向うから変ってくることを願わずにはおれなかった。後年になって、彼は世界終末観が「私の文学の唯一の母胎をなすもの」だと述懐している(「私の中のヒロシマ」前掲『蘭陵王』、六〇頁)。世界の破滅ということが少年の日の彼にとっては「日々の糧」であった。「それなしには生きることができない或るもの」だった。彼はこの恐るべき観念をどこから学んだのであろうか。普通には、この世の終りとも見える極限状況の中に生きた戦時下の生活経験によって、終末感が彼の心に深く刻みつけられたのだと考えられているようだ。しかし、そうではない。彼自身が証言しているように、それは「私自身の中に、初めから潜在していたもの」だったのである。つまり、幼い頃より世界からの絶望的な隔絶感を抱きつづけてきた彼にとっては、自分をとりまく虚構めいた世界を粉々に破砕することによらなくては現実との生き生きとした接触を回復することはできないと感じられていた。厚い壁で自分がそこから隔てられている世界がやがて破滅するにちがいないという期待をもつことだけが、彼が憎悪してやまない世界の現実に耐えて生きていくことのできる唯一の方法だったのである。

ところで、戦時下というのは、こうした彼にとってはもっとも恵まれた時代であった。それは「自分一個の終末感と、時代と社会全部の終末感とが完全に適合一致した、まれに見る時代」(「私の遍歴時代」『三島由紀夫文学論集』(以下、文学論集と略)昭45、三〇八頁)であったからである。そここには彼にとって望ましいすべてがあり、ただ一つ日常生活が欠けていた。だが、それこそ彼がもっとも望むところであった。「完全に日常生活を欠き、完全に未来を欠いた世界」、それこそこの孤独な魂が求めてやまないものであった。「私にもっともふさわしい日常生活は日々の世界破滅であり、私がもっとも生きにくく感じ、非日常的に感じるものこそ平和であった。」（前掲『太陽と鐵』旧版全集32、一〇〇頁）この時代こそ、彼にとって「唯一の愉楽の時代」であったのである。

けれども、この恩寵の時は永くは続かなかった。敗戦の瞬間とともに、彼はこの精神的楽園から追放されなければならなかった。敗戦とともに、孤高の精神貴族たちは惨めな追放の憂き目にあい、凡俗の人間、あの「愚衆」たちが時代の前面に躍りだす。そして、彼にとってはたとえようもなく恐ろしい日々がやってくる。「その名をきくだけで私を身ぶるひさせる、しかもそれが決して訪れないという風に私自身をだましつづけてきた、あの人間の〝日常生活〟がもはや否応なしに私の上にも明日からはじまる」（『仮面の告白』全集1、三三五頁）ということになったのだ。

芸術家というのは、多かれ少なかれ、反時代的、現実離脱的な心性をもった人種である。当然、凡俗を憎み、大衆と自分を区別したいと欲するエリット意識の擒《とりこ》になりがちなものである。とりわけ、三島のように、世界への絶望的な距離感を抱きつづけている人間にとっては、この傾向がとくに甚だしい。近い将来に自分の上に訪れる死を確信し、二十歳で夭折する天才作家を夢見ながら、「花ざかりの森」や「中世」のような、終末観に濃く彩られた作品を書きつづけることができた。「二十歳の私は、自分を何とでも夢想することができた。薄命の天才とも。日本の美的伝統の最後の若者とも。デカダン中のデカダン、頽唐期の最後の皇帝とも、それから美の特攻隊とも。……」(前掲「私の遍歴時代」文学論集、三〇八頁)。

敗戦の瞬間とともにこれらの甘美な幻想はことごとくうち破られ、恐ろしく平板な日常的時間がはじまる。二十歳で死ぬはずであった自分が便々と無為の時間を生きつづけている。もはや、身のまわりには、かつての光栄ある死は片鱗さえ見当たらない。ありうべきはずのない時間が歴史の終末したあとの空白の時間がはじまってしまったのである。このように感じた彼が、戦後を「凶々《まがまが》しい挫折の時代」(「林房雄論」評論全集、四八頁)とうけとめたのも、けだし当然のことというべきであろう。

ところが、三島とは正反対に敗戦を暗黒の時代からの解放と受けとめた人たちがいた。おそらく、数の上ではそのほうが多数を占めたであろう。彼らは待ってましたとばかりに時代の前面に躍り出て来た。〝われらの時代到来せり〟といわんばかりに活発な言論活動を開始した。曰く、ヒューマニズム、自由、平等、進歩。これらの観念を集約する根本理念として時代に喧伝されたのが民主主義という思想であった。民主主義はいわば、戦後の時代精神となり、神となった。文学者もこの時代思潮から無縁でありえない。戦後文学はあくまでヒューマニズムの文学であり、民主主義文学でなければならなかった。文学者はつねに民衆の味方であり、民主的でなければならない。これが時代の要請であった。戦後派作家たちは、「貧しい民衆、作家の正義感をそそりたてる民衆のイメージ」を借りて大向う受けのする作品を書き、「米櫃《こめびつ》」を豊かにした。そこには、ともすれば弱者の苦悩に同情しがちな日本人特有のセンチメントに訴え、大衆に媚びるという無意識の計算が働いていたというのは否めないところだろう。

われわれは、敗戦直後の文壇に登場した三島由紀夫が、こうした時代の風潮に対し、いいようのない嫌悪と不快の念を抱かずにはおれなかった事情を、今では容易に想像することができるであろう。あいかわらず、孤高の精神を堅持し、作品の中に終末観に濃く塗りこめられた反現実的美を現しだすことだけに専念していた。そのような彼が、特異な才能と執拗な努力によって文壇に出はしたものの、「二十才で早くも、時代おくれになってしまった」(前掲「私の遍歴時代」文学論集、三二一頁)というのは当然かもしれない。世をあげてデモクラシー礼讃の時代に、「宝石売買」や「頭文字」のように、嫌味な「貴族趣味」をふんだんに盛った作品、「煙草」のように、「悠長な、スタティックな小説」、「獅子」のように「狂的な自己肯定」を主題とした作品を次々と発表していったのだから、拒絶反応とまでいかなくとも、世間は警戒、当惑、怪訝《けげん》の眼でこれを迎えるほかなかったわけだ。しかし、彼の側からいえば、時代に対する悪意をあらわにし、反現実的、反時代的な作品を次々にものにしていくということだけが戦後世界につながりをもつことができる唯一の方法であったのである。あいかわらず世界への絶望的な距離感に悩まされていた彼にしてみれば、軽蔑あるいは憎悪という対峙の仕方において現実と自己とのあいだの距離を固定しておくことによってのみ、安んじて戦後世界との「軽薄な交際」に入っていくことができたのである。

昭和三十六年八月に書いたエッセイ、「八月二十一日」の末尾のところに、「当時すでに私の心には、敗戦と共におどり上がって思想の再興に邁進しようとする知的エリートたちへの根強い軽蔑と嫌悪が芽ばえてゐた」とある。ここで当時というのは、敗戦の年、昭和二十年のことである。この頃書かれたという「戦後語録」の一節が同じ文章の中に引用されている。

デモクラシーの一語に心盲ひて、政治家たちははや民衆への阿諛《あゆ》と迎合とに急がしい。しかし真の戦争責任は民衆とその愚昧とにある。源氏物語がその背後にあるおびただしい蒙昧の民の群集に存立の礎をもつやうに、我々の時代の文学もこの伝統的愚民にその大部分を負ふ。啓蒙以前が文学の故郷である。

日本的非合理の温存のみが、百年後世界文化に貢献するであろう。（評論全集、四四〇頁）

これが、敗戦直後に書かれたことを見ても、三島の反民主主義がいかに根深いものであるかがわかるであろう。その反民主主義というのは、思想というよりも心情にすぎなかった。それは根本的に彼の芸術家気質の中に、いいかえれば、彼の実存における世界との関わり方に根ざすものであった。だからこそ、たんなる抽象的観念のように表皮的なものでなく、抜きさしならないほど彼の実存に深く根ざすという意味において、まさしく根深いものであったといえるのである。しかし、反面、それがまだ気質に根ざす心情的なものにとどまっているかぎりは、それを公然と人に向って主張するわけにはいかなかった。たんなる感情は、それが論理化され、正当化されるだけの根拠を獲得したときにのみ、思想として外に表出することが許されるものであろう。しかし、それにはまだ機が熟したとはいえない。とりわけ、世をあげて民主主義を謳歌しつつあった時代に、こうした危険思想を公表することが許されるはずもなかった。彼の反時代的気質は、戦争直後の時期においては深く隠蔽されていなければならなかった。たまたま、自分の秘められた気質が語られることがあったとしても、それはあくまで、仮面の背後にあるものとしてのかぎりにおいてであった。つまり、彼にとっては、自分の内面の表出は「仮面の告白」としてのみ可能であったのである。

昭和二十四年に発表された『仮面の告白』は、三島由紀夫の文壇的地位を確立する出世作となった。この一作によって、彼もようやく戦後世界に自分の座を見出すことができるようになった。「あの小説こそ、私が正に、時代の力、時代のおかげで書きえた唯一の小説だ」と述懐している。(前掲「私の遍歴時代」文学論集、三二四頁)

ここで「時代の力」と彼が言うのは、おそらく、野口武彦が巧みに指摘しているように、「戦後の未曾有の価値転換、社会的タブーの崩壊、無秩序と混乱の時代」(『三島由紀夫の世界』昭43、一一七頁)がこういうスキャンダラスな告白形式の作品を書くことを彼に可能にしたということだろう。彼の狙いは見事に効を奏し、「かくもあからさまに自己の性の秘密を告白したものはいなかった」という、いかにも私小説風土にふさわしい受けとり方がされて、この作品は戦後世界に大きなショックを与え、以後、彼は〝価値紊乱者〟の光栄の一端をになうこととなった。ようやくにして彼は時代精神の仲間入りをし、戦後文学の中の市民権を獲得するにいたった。それからというものは、世間が彼に与えてくれる評価、というよりもむしろ誤解を巧みに利用して、「美の殺戮者」として自己を位置づけるにいたる。しかし、はたして旧世代の価値や道徳観に挑戦して、「神なき人間の幸福」や「精神性の喜劇」を暴き出すことが、彼の文学の真の目的といえるだろうか。そうとはいえまい。戦後の廃墟の上に、あの復員軍人や強盗たちの同類である〝価値紊乱者〟の一人として登場することは、彼の本意ではなかったろう。それはおそらく、彼が憎悪してやまない時代ではあったけれども、しかもなおその中で、「何とかして生きなければならない」という必死の思いから、心ならずも身につけた「仮面」であったにちがいない。彼が人の容易にいおうとしない性の秘密をあからさまに告白しようと決心したのは、もしかすると、彼の心のさらなる深部に隠された真実、すなわち、あの〝時代憎悪〟あるいは〝人間嫌悪〟という、永遠に癒しがたい彼の痼疾を隠しおおさんがためであったかもしれないのである。

さきほど挙げた「戦後語録」と名付けられた断想ノートの一節にこういう句が見られる。

偉大な伝統的国家には二つの道しかない。異常な柔弱か異常な尚武か。それ自身健康無碍なる状態は存しない。伝統は野蛮と爛熟の二つを教える。（評論全集、四四〇頁）。

このうち「異常な柔弱」というのは、おそらく、戦後日本が現在おかれている状態を指し、これに対し、「異常な尚武」というのは、いうまでもなく、戦時下の日本の状態を指す。そこには英雄たちの光栄ある死があり、男たちは死に直面する極限状態の中で、緊迫した、それなりの充実した生を営んでいた。それはまさしく戦士たちの時代、男性の時代であった。

ジイドの『コリドン』という書には、ギリシアに発生した同性愛は頽廃期民族の風習であるどころか、元来、男性的な尚武の時代の産物であり、この時代にかわって柔弱な女性的文化が勝利を収める時代には、ユラニズム（同性愛）が異性愛によって追放されたのであり、しかもこの時代こそアテネの最盛期の文化が衰徴し、頽廃していった時代なのだ、という意味のことが書かれている。この説の当否はともかくとして、これが三島由紀夫にきわめて都合のいい理論を提供するものであることは疑いを容れる余地がない。もしかすると、『仮面の告白』や『禁色』などによって描きだされた男色の世界に仮託して、彼は、戦後の女性化時代に対する、この上ない嫌悪、あるいは敵意を語ろうとしたのかもしれない。

ところで、この「戦後語録」が「八月二十一日のアリバイ」と題されたエッセイの中に再録されて発表されたのが昭和三十六年という年であったことは注目されてよい。これはいうまでもなく、六十年安保の翌年にあたる。この時期は、戦後の日本が迎えた最初の反動期であり、戦後知識社会の指導的理念であった「平和と民主主義」の理念が根本的に再検討を迫られるにいたったときである。それまで、自由、平和、進歩などの抽象的観念の人類的普遍性を信奉していた戦後知識人のあいだにも、ようやく、自分の拠ってたっている思想的基盤というものに疑いの眼を向けるだけの余裕が生まれてきた。こうした普遍的観念というものはそれ自体としてはどれほど深淵な思想を内包するものであるにせよ、それがたんなる抽象的普遍性の次元において考えられているかぎり、いかなる政治的、現実的有効性に達するものではない。それらのインターナショナルな観念がわれわれにとっての現実的な力として機能しうるようになるためには、われわれの精神風土の中でナショナルな根をもたなければならない。そういう反省がようやく、一部の知識人のあいだでもたれるようになった。こうして、上から与えられたものであるにすぎない〝平和と民主主義〟という抽象的観念をめぐって空疎な論議のみを重ねていた知識社会にも、インターナショナリズムからナショナリズムへの急旋回がおき、戦後思想が根本的に再検討されなければならないという自覚が高まってきたのである。

戦後の知識社会の基盤がようやくにして揺らぎはじめたということは、いろいろな意味で三島由紀夫の文学的、思想的転機となる出来事であった。いかにも堅牢無比と思えた戦後世界が一挙に瓦解し、流れ去ってしまうかもしれない。安保闘争の騒乱状態の中で、そういう世界没落の予感が芽生えたとき、彼は深く揺り動かされた。彼にとっては、戦後の日常生活が無限につづき、その中で便々と生きながらえ、老いさらばえていくことを想像するぐらい恐ろしいことはなかった。

思うに、三島由紀夫というのは、敗戦によって「美しい夭折」の可能性を奪われたのちも、世界崩壊への期待をもちつづけていた類《たぐ》い稀な人である。昭和三十四年の作品『鏡子の家』の中では、会社員の清一郎は鏡子に向って次のように語っている。

世界が必ず滅びるという確信がなかったら、どうやって生きてゆくことができるだろう。会社への往復の路の赤いポストが永久にそこに在ると思ったら、どうして嘔気も恐怖もなしにその路をとほることができるだらう。……俺が毎朝駅で会うあざらしのような顔の駅長の生存をゆるしておけるのは俺が会社のエレヴェータアの卵いろの壁をゆるしておけるのは、俺が昼休みに屋上で見上げるふやけたアド・バルーンをゆるしておけるのは、……何もかもこの世がいづれ滅びるといふ確信のおかげなのさ。（中略）

君は過去の世界崩壊を夢み、俺は未來の世界崩壊を予知してゐる。さうしてその二つの世界崩壊のあひだに、現在がちびりちびり生き延びてゐる。その生き延び方は、卑怯でしぶとくて、おそろしく無神経で、ひっきりなしにわれわれに、それが永久につづき永久に生き延びるやうな幻影を抱かせるんだ。（全集7、三八－三九頁）

これはかなり作者の肉声に近い言葉と見てよいであろう。「私の遍歴時代」（初出、昭38・5）の中では、「戦後十七年を経たというのに未だに私にとって、現実が確固たるもののに見えず、仮りの、一時的な姿に見えがちなのも、私の持って生まれた性向だといってしまえばそれまでだが、明日にも空襲で壊滅するかもしれず、事実、空襲のおかげで昨日在ったものは今日はないような時代の、強烈な印象は十七年ぐらゐではなかなか消えないものらしい」と書いている（文学論集、三〇九頁）。彼は、いわば、こうした終末幻想を自分の内部に保持し、育み、そうすることによって戦後の退屈な現実に耐えて生き抜こうとしていたのだ。しかし、やがて未来の世界崩壊への期待に答えるような時代の情勢の変化が生ずるにおよび、戦時の黄金時代をいま一度自分の手でとりかえそうとする気狂いじみた夢が抑えがたい勢いで彼の内部に芽生えてくる。彼がいま目の前に見ている現実というのは幻影のような存在にすぎないのであるから、そうした、歴史の終った後の、ありうべきはずのない時間は、うたかたのように消え失せて、やがて失われた、あの栄光の時が蘇ってくるにちがいない、そういう不可思議な夢にとりつかれることになるのである。

三島由紀夫の戦後における思想的変貌の、決定的転機となった記念碑的作品が、『憂国』である。これは六〇年安保の年、つまり、昭和三十五年の十二月に発表された。この作品においてはじめて、彼は戦後精神に対する拒絶の姿勢をはっきり表に出したのである。それまでは嫌々ながらも、戦後の偽善的生活との「軽薄な交際」をつづけ、否定しながらそこから何らかの利得を得て暮してきた。しかし、この頃からもうこの不快な相手と寝るわけにはいかないという気持が強まってきた。ようやく自分の生来の気質に従って書くことを欲するようになったのだ。『憂国』は、まさしく「死と血潮と固い肉体」へ向っていく根源的衝動の発露として生まれた作品である。これ以後、まるで堰を切ったように、反時代的情熱を顕わに示す一連の作品が次々と発表される。そこでしばしば、思想に殉じて死ぬ人間の至上の美しさが主題となる。しかし、それはかならずしも思想そのものを扱った作品とはいえない。むしろ、「死にいたるまでの生の称揚」としての、バタイユ的なエロティシズムの美が描かれているにすぎない。

しかし、やがて、彼も一個の〝思想〟といえるほどのものを身につけることを欲するようになる。もはや『憂国』のような歎美的で、思想的には無害な作品に仮託して彼の時代憎悪を語るだけでは満足できなくなったのである。

では、三島由紀夫の思想とは何か。文学者が反共思想というごときもので身を鎧《よろ》うことができるものであろうか。答えは否である。彼の反共思想というのは、もとはといえば、戦後の知識社会への根深い反感に根ざすものである。

私はどうしても自分の敵が欲しいから共産主義といふものを拵へたのです。

三島自身、学生とのティーチ・インにおいて自分の反共理由をこういう言葉で説明している。このように、文学者三島由紀夫が、気質と結合して硬化してしまった思想を身につけ、世界に敵対しつづけるということは、まことに危険な道であった。

ああ危険だ！ 危険だ！

文士が政治的行動の誘惑に足をすくわれるのは、いつもこの瞬間なのだ。青年の盲目的行動

よりも、文士にとって、もっとも危険なのはノスタルジアである。（「〃われら〃からの遁走」文学論集、一三二頁）

6 「巨大なスカラベ」の死なのか

三島事件の直後、ぼくは東京新聞の夕刊、昭和四十五年一一月三〇日の感想文を書いた。

最近の彼はいろいろの言動において七〇年代に何か事をおこしそうな気配を漂わせていた。一つの思想、一つの熱情に殉じて死ぬということがほとんど固定観念になっているかにみえた。

経済的繁栄にうつつをぬかし、その場しのぎの保身や偽善にのみ走り、救いがたい精神の空洞状態に落ちこんでいる現在の日本の状況にはげしい呪詛《じゅそ》の声をあびせ、身を挺して何かをしなければならないと考えつづけていた。

しかも、「文学者は自分の言葉に責任をもたなければいけない」というのが彼の牢固《ろうこ》たる信念であったから、そういうことを言葉でいうだけでなく、観念を実行に移さねばならなかった。つまり彼は死にいたりつかねばやまないという当為《ゾルレン》を生きつづけていたのである。そのことを充分承知していながら、しかもなお私はゾルレンに導かれて彼がじっさいの自殺行為をするとは考えていなかった。そのわけはどういうことか。

三島はつねに鋭い近代的知性の持主であることをやめなかった。すべての思想が相対化される現代という時点に立ちながら、ある絶対的思想をもつことが不可能な試みであることを彼ははっきり知っていた。しかし、負けるとわかっていても文学者には勝負ができる。「悠久の大義」とか「神格天皇制」ということをいう。しかも、そういう観念がしょせん虚妄にすぎないことをはっきり見抜いていた。「それは早晩滅びるかも知れず、つかの間に消えるかも知れない」それにもかかわらず、自分の悲劇的意志に駆りたてられて滅びゆくものに自分のすべてを賭《か》けることを欲するのである。

自分が悲劇のつもりでやっていることが他人から見れば一つの喜劇であるかもしれない。そういう醒めた意識をもちつづけていた彼が自分の時代錯誤に気づかないはずがない。それなのになぜこうした無意味な挙にでたのであろうか、あるいは、しぶとく生き残ったときの老醜の姿を想像して慄然《りつぜん》としたのであろうか。彼はアイロニーの立場を放棄し、かつては作中人物に演じさせた役割りを自ら演じようとした。これは芸術家としての彼の完全な敗北ではないだろうか。絵空事としての芸術の約束を破って、原作者が舞台の正面におどりでてきてしまったのだから、芝居はもう滅茶苦茶である。

しかし、いつも舞台の外に佇《たたず》み、傍観している作者の役割りに彼はもうあきあきしていたのかもしれない。現実の生活を蔑視《べっし》し、つねに書く人の立場に自分を釘づけにしてきた芸術家の精神が自分自身の肉体によって完全に復讐《ふくしゅう》されたのである。
まず肉体はそれ自体が一つの作品として完成されることを要求する。さらに、精神の制止をふりきってみずから歩きはじめ、舞台の中央に進みでていって一つの劇を演じる。すなわち、あの「聖セバスチアンの殉教」のドラマを、しかしそれはもはやとりかえしのつかない死のドラマであった。（一部省略）

あとになってこれを読むと恥ずかしくなる。これでは、三島由紀夫に対していつもある種の嫌悪感をもって批評してきた江藤淳とまるで同じではないか。

最後の割腹自殺というものも非常に丹念につくり上げられた虚構ではないかという感じもします。（中略）非常になまなましいはずなんですけれども、いまに至るまで、何か白昼夢のような気がしてならないのです。（中略）
たとえば島崎藤村、太宰治、徳田秋声といった人たちの場合には、実生活と小説世界が癒着しているというか、表裏一体に照応し合っているという関係がありますね。秋声の場合がかりに茶の間であるとすれば、三島さんの場合は小説世界そのものが芝居小屋というか劇場であって、茶の間と劇場が違うような落差がある。それが何かあの事件が非常に異常な事件であるにもかかわらず、ぼくにはリアリティの上で足りないように感じられる理由のひとつのように思えます。(《対談三島由紀夫の文学》江藤淳＝中村光夫、『新潮』臨時増刊「三島由紀夫読本」昭46・1、二四八頁)

江藤はあくまで文壇的な論理で語っている。実生活と小説世界の表裏一体という関係性を前提にして議論をたてている。ところが、行為者としての三島はもはや実生活の常識から逸脱したところへ疾走していってしまっている。そこではダー・ザイン(実生活)の論理は通用しない。三島はあくまでゾルレン(当為)の論理に立脚して行為している。そのとき彼が情熱者であったか、あいかわらず能面のようであったかは、観察者の立場で見ていることのできない緊迫した情況下にある以上、だれにもわからない。要するに、彼は自分の信念にもとづいて「……しなければならない」というゾルレンの論理において動いていたのである。

江藤　三島さんの場合のペンネームには特別の意味があるように思います。(中略)つまり、三島由紀夫という亀の甲羅をつくろうという意思があって、この亀はなかなか首を出さない。

いわんや、甲羅の中に何があるかということは誰にものぞかせないという意志の表現です。いまはやりの言葉でいえば、この意志が三島さんの根幹にあった。三島由紀夫の死と平岡公威の死というものがあり、平岡公威の生と三島由紀夫の生というものがある。平岡公威さんという人は、われわれと同じ大地の上にいて、普通の日本人だったのかもしれないけれども、彼が生き、かつ死ぬためには、そこには三島由紀夫という、ある意志で造形した甲羅が必要だった。それが三島文学の根底にあるコーナーストーンのようなものですが、このコーナーストーンは、必ずしも文学のワクの中に建造物が納まりきるようにはつくられていなかったんだなということが今度はっきりしたような気がする。(同二四九頁)

さすが江藤さんはいいところをついてくる。ただこのときの三島の場合、甲羅の比喩は適切とはいえない。* 生涯、文人気質によって生きた人がそう簡単にそこから逃れることができるものでない。三島が「文武両道」ということを言っても人はなかなか信じてはくれない。しかし、三島が行為を決意するにあたって、人がどれほど笑おうとも、武に生き、武人になろうとした。

＊　三島氏の死後ある心理学者が「巨大なスカラベの死」という論文を発表し、徹底的な自己隠蔽を試みて厚い人工の鎧をまとった三島氏を甲虫にたとえたそうである。しかし私にはこの種類の論文は、どうにも索漠たる思いがするばかりである(澁澤龍彦『三島由紀夫おぼえがき』昭58、三三頁を参照されたい)。

まず、ボディ・ビルで筋肉をつくり、剣道に熱中した。楯の会をつくり、自衛隊に訓練入隊として入り、楯の会の同志たちと同苦の汗をかいた。文学者の友人とはそれとなく別れの儀式をし、武人として死ぬこと一点を目指して行動してきた。この時点においては、平岡公威と三島由紀夫を区別することは無意味である。むしろ、どこまで文学者であることをひきずっており、どの点で武人になりきれなかったかを問題にすべきであろう。三島はこのとき親も捨て、子も捨て、友人とも別れて悲劇の行為者となるために、あらゆる不測の場合にも対処できるように万全の計画をたてて予定の行為を実行した。そのことを知らない人間だけが「〝白昼夢〟のような気がしてならない」などという、のんびりしたことを言っているにすぎない。

江藤　確かに、家の中では模範的な家長であり、長男であるという役を果してもいた。それは疑いのないところだけれども、その家というものは三島さんの主義にのっとって建てられているわけですね。ぼくは一度だけ行ったことがあるのです。何かにぎやかな外人が一ぱい来ているようなパーティのときでした。たいへん豪華なお宅だけれど、不思議な感じがした。佐藤春夫の家というのも不思議な家でした。その家そのものを見てみると、あれもやはり、亀の甲羅ではないかと思われた。亀は甲羅からはがしてしまえば死んでしまう、甲羅がなければ亀は存在しないという性質のものであって、それは三島さんの文学作品のある種の特質にとてもよく似ている。（中略）同時にまた政治思想へダイレクトに突っ走っていったようにも見えるけれど、さっき申した白昼夢の感じを突き詰めていきますと、本気だったんだろうかという感想がいまだに残る。それは命まで賭けるのですから、嘘であるわけはないのですけれど、にもかかわらず本気だったんだろうかという気持が残る。（中略）三島さんがあそこに立って叫んだり、腹を切ったのではなくて、あれは造形された三島由紀夫という役柄が何かをしているという感じ、何かそうとでも言わないと割り切れない感じがする。（同二五〇頁）

「三島は神風特攻隊員たちが死に向って離陸する直前の遺書を読んでいる。三島はこれらの特攻隊員たちを真正の英雄と感じる。現実としての死を抱擁すべく肉体を鍛え、『終り』を鋭敏に認識していた英雄たち。そして三島は彼らの言葉が『七生報國』や『必敵撃滅』のような壮麗な常套句でありながら、三島自身の言葉とのあざやかな対照をなして、『個性の滅却を厳格に要求し』ていることに感嘆する。」　これはジョン・ネイスンの『三島由紀夫 ある評伝』（昭41）の中にある言葉である。三島は文学者であるけれども、自分の言葉から文学性を余分なものとして削りおとそうとする。「もしも言葉から個性を滅却することによって英雄になることが可能だとしたら」と三島は夢みる。個性を滅却して英雄になることは、ただ集団の一員になることによってのみ可能となる。

肉体は集團により、その同苦によって、はじめて個人によっては達しえない或る肉の高い水位に達する筈であった。そこで神聖が垣間見られる水位にまで溢れるためには個性の液化が必要だった。のみならず、たえず安逸と放埒と怠惰へ沈みがちな集團を引き上げて、ますます募る同苦と、苦痛の極限の死へとみちびくところの、集團の悲劇性が必要だった。集團は死へ向って拓かれてゐなければならなかった。私がここで戦士共同體を意味してゐることは云ふまでもあるまい。(『太陽と鐵』旧版全集32、一二四頁)

三島は戦士共同体の一員として死に向っての存在の躍動を試みているのだから、もはやいつもの文学者として存在しているわけではない。だから、江藤がいうとおり、「造形された三島由紀夫という役柄が何かをしている」と感じられるのは当然なのである。

三島は四十五年七月に書いたサンケイ新聞のエッセイの中で言っている。「私の中の二十五年間を考へると、その空虚に今さらびっくりする。私はほとんど『生きた』とはいへない。鼻をつまみながら通りすぎたのだ。」 三島は一年がかりで計画した自殺を決行する数日前、母親に向って、「自分はこれまで一度もほんとうにしたかったことをしたことはない」と打ち明けている。となると、戦士共同体の一員になり、悲劇の英雄として死ぬことによってしか満たされない、内面の空虚を抱いて生きていたということになる。

7　ゾルレンとしての死

昭和四十六年一月の文芸時評（『全文芸時評』上巻、平1に収録、四七〇頁以下）において江藤は次のように語っている。

太宰治の『人間失格』に次のような一節があって、私はどういうものか以前から記憶にとどめていた。

《その日、体操の時間に竹一はれいに依って見学、自分たちは鉄棒の練習をさせられてゐました。自分はわざと出來るだけ厳粛な顔をして鉄棒めがけて、えっと叫んで飛び、そのまま幅飛びのように前方へ飛んでしまって、砂地にドスンと尻餅をつきました。すべて計算的な失敗でした。果して皆の大笑いになり、自分も苦笑しながら起き上ってズボンの砂を払ってゐると、いつそこへ来ていたのか、竹一が自分の背中をつつき、低い声でかう囁《ささや》きました。「ワザ。ワザ。」》

このエピソードを語る前に太宰は主人公にこう告白させている。

《自分の人間恐怖はそれは以前にまさるとも劣らぬくらゐ胸の中で蠕動《ぜんどう》してゐましたが、しかし演技は実にのびのびとして來て、教室にあっては、いつもクラスの者たちを笑はせ、教師も、このクラスは大庭さへゐないと、とてもいいクラスなんだが、と言葉では嘆じてながら、手で口を覆って笑ってゐました。》

この演技が完璧な成功をおさめたと思った瞬間に、こともあろうに「低い声」が聞えて「ワザ。ワザ」という。つまり「わざとやったんだろ。ちゃんと知っているよ」というのである。そしてこれを聞いた主人公は、「震撼《しんかん》」する。……

私が久し振りでこの『人間失格』の一節を思いだしたのは、多分三島事件のためであろう。あのショッキングな事実は、人が二人も死んでいるのにどうも白昼夢のようでそれらしいリアリティが感じられない、という点であったのである。（中略）

われわれは当然、リアリティがない事件が存在し得るという事実に耐えられない。したがってなんとかしてこの空白にリアリティを注入しようとする懸命の努力がおこなわれ、いろいろな人が故人について、文学と思想について、事件の意味についていったが、それも結局は三島氏の出した名刺に向かって挨拶をしているような結果に終ったように思われる。つまり、ゼロに何を掛けてもゼロになるようなものだからなのである。

江藤は三島由紀夫がいつも過剰な演出をして自己を他から際立たせようとする。そうした演技過剰に非常な嫌悪感をもっていた。しかし、三島の自決という行為は自意識過剰からきた演技と同一視することは間違っている。ぼくは三島が明晰を見失い錯乱することが非常に少ない人であったと考えている。江藤は三島の演技過剰に辟易していたから、自決行為が白昼夢のように見え、リアリティが感じられないだけである。三島ははっきりいって死ぬことが怖くて仕方がない人だったと思える。兵庫県の本籍地で徴兵検査を受け、結核と誤診されて、父親に手をひっぱられ、逃げるようにして帰郷したことを想起されたい（『仮面の告白』）。しかし、彼はそういう臆病風に闘いかかって、自決したのである。自分は何回も死ぬことを約束した。『太陽と鐵』では、なぜ自分が死なねばならないかという解説まで書いた。自分はたくさんの読者の前で「死ぬことを約束してきた」。だからぼくは死ななければならない。そういうゾルレンの死だったのである。それを病気で片附けるのは死者に対する何という冒涜であろうか。

ただ、そのなかで例外的に、私は澁澤龍彥氏の「三島由紀夫を悼む」（『ユリイカ』特集三島由紀夫、昭51・10）という短文に注目せざるをえなかった。この短文で澁澤氏は三島がむしろ「道徳的マゾヒズムを思わせる克己と陶酔のさなか」で「自己の死の理論を固めて行」き、「自己劇化を極点にまで推し進めたのだ」と言い、このようにして「氏はいつしか完璧な『気違い』になったのだ」と言っている。

近ごろ流行の「狂気の復権」（総合雑誌の目次をごらんになっていただきたい）などというお題目を繰り返している研究室の学者、評論家先生はおめでたいものである。彼らはたぶん、公認された狂気についてしか語れない人間であろう。いうまでもないことであるが、狂気とは理性を逸脱したもの、有効性を超越したものである。「何の役に立つか」とか、「何のために」とかいった発想とは、最初から無縁のものである。それは人を茫然自失させ、時に顰蹙《ひんしゅく》させるものである。

「この何の役に立つか」という発想によって今度の三島氏の事件をとらえようとしている人々のあまりに多いのに驚き呆《あき》れた。

三島氏は、自分が惹き起した事件が社会に是認されることも、また自分の行為が人々に理解されることも、二つながら求めてはいなかった。氏の行為は氏一個の個人的な絶望の表現であり、個人的な快楽だったのだ。（澁澤『三島由紀夫おぼえがき』昭55、六九－七〇頁）

江藤淳は、自分の三島氏に対する感想、「白昼夢のようで、それらしいリアリティが感じられない」という感じ方を強化するために、澁澤説を利用しようとしている。しかし、それはとんでもない間違いである。

澁澤龍彦にとって三島由紀夫は特別な存在であった。「私にとっては、かけがえのない尊敬すべき先輩であり、友人であった。お付合いをはじめたのは約十五年以前にさかのぼるが、私は自分の同世代者のなかに、このようにすぐれた文学者を持ち得た幸福を一瞬も忘れることはなかった。その作品を処女作から絶筆にいたるまで、すべて発表の時点で読んでいるという作家は、私にとって三島氏を惜いて外にいない。」要するに、澁澤氏の三島氏への批評は尊敬と愛に発するものである。三島の死があまりにも見当はずれの観点から研究室の学者や評論家が発言することに対する怒りからさきほどの文章が書かれたのである。これに反し、江藤氏は三島の死を内面から理解しようとせず、これまでもちつづけた三島に対する嫌悪感から書いていることは、少なくともはっきりわかる。本当の批評や理解はその人の人格への尊敬と愛から生れるものである。江藤さんと澁澤さんの見解上の一致点はほとんどないのである。たとえば江藤は三島の狂気を文字どおり病気の一種としてとらえている。澁澤氏は三島が本当に狂ったとは思っていない。彼の言うのはいわば聖なる狂気である。殉教者はこの聖なる狂気によってすすんで殉教の死をとげるのである。

「ぼくはこれからの人生でなにか愚行を演ずるかもしれない。そして日本じゅうの人がばかにして、もの笑いの種にするかもしれない。まったく蓋然性だけの問題で、それが政治上のことか、私的なことか、そんなことはわからないけれども、ぼくは自分の中にそういう要素があると思っている」と澁澤氏に語っていた。三島氏が早くから自分の中に、自分でもどうにもならない、抑えきれない或るものを感じつづけていたということは、この文章から明瞭であろう。氏はそれをみずから「愚行」と呼び、「日本中の人がばかにして、もの笑いの種にする」だろうと予測したのである。はたして、事件がおこるや、日本の総理大臣は記者会見で、「気が狂っているとしか思われない」と言い、日本ばかりか世界中の新聞が、首をかしげたり茫然自失したり顰蹙《ひんしゅく》したりしたのである(同六八頁)。

何が三島由紀夫をして「かかる愚行」へと駆りたてたのか。

澁澤龍彦は言う。

一個の文学者が自殺したとき、この文学者の死をあげつらう者の最低の礼儀は、せめてイデオロギーや風俗現象や社会的影響関係をすっかり洗い落した次元で、彼の裸の精神と相対することではないのだろうか。彼が作家としてどれだけのエネルギーを持続させ、持続させた途中で、いかなる必然性により、みずから果てたかということを評価すべきではないだろ

うか。(同七六頁)

そのとおりだと思う。そして、三島をつき動かして死に到らんと決断させたものは何であったか。それは「絶対を垣間見んとして…」という澁澤氏の言葉で表現する以外に道はない。もちろん、死ねば生の真相が開示されると考えるようなオプティミスト(楽観主義者)ではなかった。絶対を垣間見ることが不可能であることを知りつつ、そこに自分の一生を賭けてみなければすまないところまできていたのである。澁澤が道徳的マゾヒストというのは、キリスト教の聖者が拷問のさなかで絶対者への忠誠を誓いながら、そのために自分が苦しみ、苦しみの絶頂で自分が聖化されるということに最大の喜悦を感じるという不可思議な事態を指していう。三島は切腹によって死にたいと強く願望していた。メタフィジックを信じない者から見れば、その時の最大限の苦痛が実は彼にとっては最大の快楽であったということになる。そうだとすれば、全く生理学的次元のマゾヒズムである。三島の死は形而上学的《メタフィジック》であった。ゾルレンの死であった。自分が今、死ななければ生命以上の価値があることをだれが示すことができるか。そこにいたりつくまでが自分の人生であった。彼はそれを自分の運命と考えたのである。

この点で、ぼくの解釈は澁澤氏と決定的にちがってくる。三島はいかなるイデオロギーの信奉者でもなかった。しかしたんなるニヒリストに甘んじている人ではなかった。彼はつねにニヒリズムを超えるところのものを求めつづけていた。ソクラテスは自分に与えられた運命として毒杯を飲んで死んだ。それによって正義を世に開顕しようとした。そこから哲学という真理を愛慕追求する活動がはじまったのである。生前、三島はぼくにこういうことを言ったことがあった。日本人はどんなにありがたい教えを聞いても、その教えを説く人がそれのために死ななければ、本物とは考えてくれない。そういうように猜疑《さいぎ》心が強いのが日本人なんだよというのである。

三島がやがて日本に恐ろしい思想的荒廃の時代がやってくることを予言していた。どれほど国民が必死に働いても、政府が相手のいいなりになっていて、このままでは永久に日本はアメリカの植民地になってしまう。そういうことを三島は憂いていた。朝日新聞九月二十二日号では「自衛隊はまったく違憲だと思います。ですから自民党のアキレス腱でしょう。……だったら手術せにゃあ……それを逃げている。ぼくはそのギマンとウソに耐えきれないのです。……極端なことをいえば、新憲法が日本のモラルを崩壊させたんですよ。」こう言いきっているのである。

8　沈黙の中での希望

三島由紀夫は、〝危険な思想家〟という光栄ある称号を世間から与えられることをもっとも好んでいた。だから右翼といわれようと、ファシストといわれようと少しも意に介することはなかった。むしろ、世間からもっとも蛇蝎視されるような存在になることが、彼の理想だった。

もっとも気にくわないのは、その怖るべき危険思想が、三島美学なる安全無害な境域の中に閉じこめられてしまうことであった。時代憎悪、あるいは世界恐怖という、彼にとって宿痾ともいうべき気質に生涯悩まされつづけた三島にしてみれば、世界からつねに隔絶した場所を保証される〝危険な思想家〟という仮面の中ぐらい住みやすい場所はなかったのである。

しかし、真に危険なのは彼の思想そのものではなく、思想と深く結合することを求めてやまない彼の気質であったのだ。気質と結合し、硬化してしまった思想はまさしく死神のようなもので、生涯彼をとらえて離さず、彼を危険へと駆りたてつづけるであろう。

作家の思想は皮膚の下、血液の中に流れていなければならない。だから、それは所詮、気質とは無縁に形づくられるはずがない。では、作家の思想というのは気質とどのような関係にあればよいのであろうか。この点について、彼はかなり明確な自覚をもっていた。作家の思想は大体どのへんに位置すべきかというと、「それは当然皮膚の下でなければならぬ。しかし気質の棲家である肉体の深部ほど深いところであってはなるまい。そんなところに住めば、深海の大章《おおだ》魚《こ》に喰はれる潜水夫のように、思想は気質に喰われてしまふに決まっている。」（「十八歳と三十四

歳の肖像画」評論全集、四三〇頁）

このように明快に分析し、思想が気質に喰われてしまうことを極度に警戒していながら、彼は危険の道を一路邁進していった。ということはつまり、肉体の深部に棲まう気質と一体となった思想を追求していったということである。そうして、深海の大章魚に喰われるならば死ぬしかない。そうした危険を十分承知していながら、みすみすその檎になってしまったのはどういうわけだろうか。おそらく、それというのは、彼がたんなる観念の人に甘んずることができず、自分の肉体をもつことを欲したからである。幼時から肉体的劣等感に悩まされつづけてきた彼にとって、自分の反対者、つまり、自意識なんぞに無縁な、果敢なる行為者、あるいは観念に蝕まれることなぞかつてなかった無垢の肉体に化身することが最大の願望であった。行為の世界から永遠に拒まれているという悲哀があったから、かえって世界へと身を挺してのめりこんでいく没我的状態へのひりつくような願望が彼の内部に生きつづけていた。だからこそ、思想が気質の檎になって身動きできないことになる危険を十分承知していながら、彼はあえて思想を肉体化し、行動化することを目指したのである。

明治以後の作家のうちには、「青年時代に自分の気質と似寄りの思想を発見して、一旦これと結婚するや、生涯家の外へも出ず、貞淑に一夫一婦制を遵守する」という型の人がいる。たとえば、永井荷風や正宗白鳥などのことを想い浮べればよいだろう。三島由紀夫もこれと似た型の作家で、生涯自分の文人気質を頑固に貫きとおした。ただ、前二者の場合と異なるのは、たんなる文に甘んずることのできないという――しかしそれ自身一種の――文人気質の持主であったことだ。彼はつねに「〃自分の反対物〃に自らを化してしまはう」という熾烈な願望をもちつづけた人であった。だから、彼は幼い頃から書く立場に身をおきながら、たんなる文に甘んぜず、文武両道を実現させようとした。生粋な文人である彼が同時に武の人となり、表現と行為を一致させることはほとんど不可能に近いことであった。その不可能をはっきり知りながら、彼は文武両道を語り、芸術と行為を一致させようとせずにおれなかった。

私が私自身に、言葉の他の存在の手続を課したときから、死ははじまってゐた。言葉はいかに破壊的な装ひを凝らしても、私の生存本能と深い關はり合ひがあり、私の生に屬してゐたからだ。(『太陽と鐵』旧版全集32、一〇八頁)

三島の危険は命題的論理の世界においてのみ許される論理的一貫性をそのまま行為の世界で実現しようとしたところから発する。彼はむろん哲学者ではない。しかしまた、無思慮に直情経行に走る狂熱の人でもなかった。むしろ、あまりに冷静、緻密な計算をめぐらす理智の人であった。狂気には絶対に見られることがない〃論理的一貫性〃をどこまでも追求する人であった。ただし、その論理的一貫性を哲学者のように言葉の世界において追求するのみならず、行為の世界においても実現しようとした。それというのも、三島の論理的一貫性への嗜好というのは、彼の気質に深く根ざすものであったからなのだ。

私がある事件や或心理に興味を持つときは、それが芸術作品の秩序によく似た論理的一貫性を内包してゐるときに限られてをり、私が〝憑かれた〟作中人物を愛するのは、私にとつては〝憑かれる〟といふことと論理的一貫性とが同義語だつたからである。(『荒野より』初版昭42、二四頁)

この言葉からわかるように、彼が「論理的一貫性」を愛するというのは、自分の内奥の気質に忠実に生き、コケの一念のように自己の信条を貫きとおそうとするならば、かぎりなく非現実的な観念世界の住人となるより仕方がないであろう。まるで無世界的空虚の中で生きる人のようにエゴチスムの奔馬を疾駆させるわけであるから、論理的一貫性は狂熱の行為と一体と化し、狂気そのものと無縁であるにせよ、狂気にかぎりなく近似する外観を呈するにちがいないのである。

三島はまさしく、こうした観念世界の住人であった。彼にとっては、自分の内閉的世界のみが唯一の現実であり、そこで通用する論理のみがありうべき世界の唯一の論理であった。この観念世界にくらべれば、外界はいわばなきにひとしいものであったのである。「だから、ひとたび外界へ飛び込めば、すべてが容易になり、可能になるような幻想があった。」（『金閣寺』）こうした観念的論理を駆使して彼の行動が生れるのであるから、人から見れば、それが常規を逸したものに見えるのも当然かもしれない。しかし、彼の観念世界の内部に深くはいりこんでこれを見るならば、そこには動かしがたい論理的必然が働いているに相違ない。三島事件における、一見突飛と見える行動も、その必然に従うことによって生まれたのである。それはまさに他人の理解を絶し、共感を拒む出来事であった。それをあくまで常識の次元で受けとめようとすると江藤淳のような見方になるのである。

最後の割腹自殺というものも非常に丹念につくり上げた虚構ではないかという感じがします。（中略）非常になまなましいはずなんですけれども、いまに至るまで、何か白昼夢のような気がしてならないのです。（『新潮』臨時増刊「三島由紀夫読本」昭46・1、二四七―二四八頁）

三島は江藤の考えるような狂人ではない。きわめて冷静緻密に計算して果敢に実行する行為者であった。もちろん、たんなる計算で自決という恐るべき行為ができるはずがない。彼は一個のロマンティケルとなって、長い間暖めてきた想いを強烈な情熱の発露として表現したのである。そういう意味では、ロゴスの人であると同時に、それ以上にパトスの人であったのである。

林房雄は『悲しみの琴』（昭47）の中で「三島君は歴史の全体性、両面性を見ることができない片目の認識者ではなかった。熱情と理智との均衡を知らぬただの熱血漢でもなかった。（中略）彼の血の中にある〝魔的なもの〟――デモーシッシュな霊は、日本の道統と憂国の志に結びついた時、壮烈な自己爆破の閃光を発して、天駈けった」と述べている。

三島にはザインの論理は通用しない。あくまでゾルレンの論理に立脚して行為している。それは熱情の論理でもあった。さすがに小林秀雄はその点をよく見ている（『諸君』昭46・7）。

小林　三島君の悲劇も日本にしかおきえないものでしょう。外国人にはなかなかわかりにくい事件でしょう。
江藤　三島事件は三島さんに早い老年がきたというようなものなんじゃないですか。
小林　いや、それは違うでしょう。
江藤　じゃあれはなんですか。老年といってあたらなければ一種の病気でしょう。
小林　あなた、病気というけどな、日本の歴史を病気というか（中略）、それなら吉田松陰は

江藤　病気か。

江藤　日本の歴史を病気とは、いいませんけれども、三島のあれは病気じゃなくて、もっとほかに意味があるんですか。

小林　いやァ、そんなことというけれどな。それなら、吉田松陰は病気か。

江藤　吉田松陰と三島由紀夫とは違うじゃありませんか。

小林　日本的事件という意味では同じだ。ぼくはそう思うんだ。堺事件にしたってそうです。

江藤　ちょっと、そこがよくわからないんですが。吉田松陰はわかるつもりです。堺事件も、それなりにわかるような気がしますけれども……。

小林　合理的なものはなんにもありません。ああいうことがあそこで起ったということですよ。

江藤　ぼくの印象を申し上げますと、三島事件はむしろ非常に合理的かつ人工的な感じが強くて、今にいたるまであまりリアリティが感じられません。吉田松陰とはだいぶちがうと思います。たいした歴史の事件などとは思えないし、いわんや歴史を進展させているなどとはまったく思えませんね。

小林　いえ、ぜんぜんそうではない。三島はずいぶん希望したでしょう。松陰もいっぱい希望して、最後、ああなるとは、絶対思わなかったですね。

三島の場合はあのとき、よしッ、とみんな立ったかもしれません。そしてあいつは腹を切るの、よしたかもしれません。それはわかりません。(中略)

小林　ああいうことはわざわざいろんなことを思うことはないんじゃないの。歴史というものはあんなものの連続ですよ。

ぼくは小林秀雄の歴史観に非常に感動する。歴史はたしかにああいうことの連続なのである。三島事件は二十世紀における大きな事件だった。この事件はたしかに個人的な事件かもしれない。しかし、彼が死んだのはもちろん、江藤淳の言うような「造形された三島の役柄」を果たすためなのではない。彼が思想に殉じて死のうと欲したのは、あくまで本気であった。しかし何に対して本気かというのは、大義の論理に対する忠誠ということではなく、〝大義のために死ななければならない〟というゾルレンの論理に対する忠実ということで、その論理というのは、彼の深層において育まれた、きわめて内的な論理であり、それは、彼の秘められた気質と深く結びついて硬化したコケの一念のような論理であったのだ。

「日本も敗戦によって古い神を失った。どんなに逆コースがはなはだしくなろうと覆水は盆にかえらず、たとえ神が復活しても神が生活していた生活の様式感はもどってこない。」昭和二十九年にすでにこう書いている(「モラルの感覚」評論全集、八三五頁)。彼は神格天皇という観念が幻想にすぎないことを百も承知しながら、しかもこの幻の天皇に帰依し、献身することを欲したのである。

ところで、問題は、彼がこの幻の観念に生命を賭して行動し、ついに自決するまでにいたったということである。この動かしがたい事実があるために、われわれは事態の正確な認識をもてなくなってしまっている。そのために死ぬことができたくらいだから、彼は本気でこの観念を信じこんでいたにちがいない。ついそう考えがちだ。はたして人は自分が信じてもいない幻影《イリュージョン》のために死ぬことができるものだろうか。よく、人は思想では死ねない、というが、まさに彼はそのために死んだ。少くとも〝檄〟の文章を信じるかぎり、そう考えるよりほかない。そのために死ねたぐらいだから、彼の政治思想はかなり本気だったのだ。こういう論理によって、彼の右翼的急進思想にはこれまで半信半疑であった文学者たちまでが、事件以後、「やはり彼は本気だったのだ」と認識を改めざるをえなくなったのである。

だが、あれほど醒めた認識者であり、徹底したニヒリストであった彼が、はたして〈七生報国〉というごとき時代錯誤的な観念に心底酔うことができたであろうか。こうした疑問に対しては、彼自身すでにはっきりとした解答を用意していた。中村光夫との対談（昭和四十二年）の中で、いま文学者と称する九割までは、自分が作り上げたイリュージョンに振りまわされているが、そういう時代に、「自分で自分のイリュージョンに惑わされぬためには、自分のイリュージョンを意識的に操作してゆくほかはない。」

こう語ったあとでつづけて言う。

ただ、イリュージョンをつくって逃げだす気は毛頭ない。どっちかというと、ぼくは本質のために死ぬより、イリュージョンのために死ぬほうがよほど楽しみですね。(『対談・人間と文学』昭43、一二五頁、傍点筆者)。

西郷隆盛も乃木大将も自分のイリュージョンを完成させるために死んだ。人間にはそういう死に方に対するやみがたい欲求がある、と主張するのである。ということは、つまり、三島自身も「イリュージョンの完成」のために自決したということになるだろう。

もし自分が天皇を信じていない、しかし天皇のために死ねといわれたらどうするかというときなど、これは戦時中のわれわれ全部の問題だろう。ところが、自分の信じていないもののために死ぬというアイロニーはとっても魅惑的なアイロニーなんだよ。それを証明する方法は、口で百万遍言ってもだめなんだよ。自分が〝天皇陛下万歳〟と言って死ななけりゃだめだよ。そして、自分が天皇陛下万歳と言って死ねば、そのアイロニーは完結するんだよ。ぼくは半ば無意識だったが、戦時中にそのドラマを知っているわけだ。あなたも、それは知っているね。そのドラマの持っているへんな魅惑みたいなものは、ずっと戦後残っているし、それはやっぱり生き残りなんだろうね。それは思想と行動との関係で、いつもくりかえされるドラマで、ソクラテスが毒を飲むときには思想のため殉ずると思っていたかどうか、そんなものはたんなる心理の問題で、ぼくにはなんにも興味はない。少くともソクラテスはアイロニーを完結した。そういうふうに人間の生涯というのをみるんですね。(『対話・思想の発生』伊藤勝彦との対談、昭42、九四頁)

(この対談が行われていた昭和四十二年という年は、自衛隊に体験入隊をし、民族派の日本学生同盟の持丸博〔早大〕に会うというように、徐々に三島事件に向う気配がでてきていた。)

ソクラテスが毒を仰いで死んだのが、はたして自分のアイロニーを完結するためであったかどうか、非常に疑問である。しかし、三島自身は自分のアイロニーを完結する意図をもって自決したことだけは間違いないところだろう。彼は天皇の絶対性を少しも信じていなかった。だが、何らかの絶対者に帰依し、献身することを欲していた。人がそのために死ぬことができるような絶対者に触れることを欲していた。この点にかんするかぎり、彼はたしかに本気だった。天皇の絶対性ということがイリュージョンであることを知りつつ、イリュージョンのために人は死ねるものではない。「人がそのために死ぬことができるような絶対者」、つまり「生命以上の価値」がこの世に存在しなければならないというゾルレンのために彼は死んだのである。このゾルレンの論理に忠実であるということが、「彼が本気だった」ということの真の意味なのである。このゾルレンの論理の要請に従うことによって彼は必然的に死へと導かれた。人がそのために死ねるもの、すなわちある絶対者を証示するためには、彼自身じっさいにそのために死んで見せる以外に道はない。これが当然の理屈というものであろう。

ただ一つ、ここに疑問がある。西郷は死なねばならないという運命に直面していた。乃木将軍の場合、やや無理なところもあるが、運命といえないことはない。しかし、はたして三島は運命に殉じて死んだといえるだろうか。ゾルレンというのは道徳の論理である。道徳法の命令である。澁澤龍彦は三島の死を道徳的マゾヒズムによるものだと言う。それはアイロニーだろうが、アイロニーの死には必然性がない。人間を超えた何ものかによる命令によって従容《しょうよう》として死ぬというのでなければ、本当の意味のゾルレンとはいえないだろう。ここに人間の論理だけでは語りつくせないものが残る。

運命に殉ずるというところがないと、自己神化という傲慢に陥りかねない。この陥穽《かんせい》を避けようとして、三島はバタイユの論理を借りて、絶対者に対する違反に違反を重ねた揚句、裏側から神に達しようとする必死の努力をつづけてきたと言う。かつて敬虔なカトリックであったバタイユにとってこそ、それは意味をもつ言葉であった。三島は絶対を垣間見んとして必死の努力をしたけれども、もともと無神論的な日本的風土に生きた彼には、神の死んだ後の無神の神学にまでいたりつくことができない。せいぜい「などてすめろぎはひととなりたまいしや」という空虚な言葉を語ることしかできなかった。

二十世紀を代表する哲学者の一人であったウィトゲンシュタインは、「語りえざることについては沈黙しなければならない」という言葉で彼の処女作『論理学哲学論考』(*Tractatus Logico-Philosophicus*)をしめくくっている。

もしこの論法に忠実に従うならば、「なぜ三島由紀夫は死ななければならなかったか」という謎をめぐって、ぼくが渾身の力を傾けてあれこれ語ってきたすべての言葉は無意味ということになる。すでに冥界に行ってしまった彼からその秘密を聞きだすことはできない。かりに彼を呼びだすことができたとしても「どうして死ぬことができたか、ぼくにもわからない」と答えることだろう。この世には無数の語りえざることがあるのである。なぜ、宇宙があるのか。なぜ、自分はいまここにいて、いないのとちがうのか。なぜ、人はいずれ死ななければならないのか。

ウィトゲンシュタインはカトリックの信者であったから、宗教や倫理について語りたいという強い願望をもっていた。ただ、厳密な哲学の論理としては、「語りえざることについては沈黙しなければならない」と言わねばならなかった。神が存在するかどうかについてはいかなる信仰者も沈黙しなければならないであろう。それが哲学者にとっての限界である。しかし、沈黙において祈ることも、希望することもできる。小林秀雄が「三島はいろいろ希望したにちがいない」と言ったことにぼくは感動した。今、われわれ日本人は三島由紀夫が真剣に希望したことが、日本にとってどんなに大切なことであったか、それを顧みるべき時に生きているのである。

II　石原慎太郎と三島由紀夫

1　造られた肉体の脆弱性

一九九一（平成三）年三月に石原慎太郎の『三島由紀夫の日蝕』が出版されるとすぐ読んだ。石原さんでなければ書けない「知られざる三島像」としてこれを興味深く読んだ。共感する点も多かった。今度これをもう一度読みかえしてみて、少し疑問なところがでてきた。今は、これまでとちがった観点から「三島由紀夫」を描きだしてみようと熱中しているところであるから、すっかり三島に感情移入して書いているのでそうなるのであろう。

石原慎太郎にとっても、三島は「私が敬愛した作家」であり、特別な人であった。「この繁栄の中で私たちがどうしようもなしに味わっている退屈の主たる原因の一つが、今三島が不在であるということなのである」とも言う。

三島にとって石原慎太郎は可愛くて仕方がない後輩だった。「君は文壇に来たまれびと」であり、ただの文壇人にしたくはない人であった。遠慮なしに、何でも言える相手だったから、機会あれば自分の肉体の鍛錬の成果を彼に見てもらいたかったのである。

石原の三島に対するこの点についての見方はかなり意地悪なところがあった。


端的にいって、氏はいかなる肉体の術にも必要な反射神経の持ち主であったのか。ボディ・ビルを除いた、行為の完成を目的とした他の術の最低かつ絶対的必要条件といえる反射神経を氏は持っていたのだろうか。

否である。

私は決して一流のサッカー選手ではなかったし、いろいろ手がけてきたスポーツの全てに望んだままの成果を得たとは口幅ったくいわないが、しかし見巧者であることは疑わない。その私から眺めても三島氏の反射神経は絶望的なものだった。その度合は気の毒というより危険なほどで、実際に氏はそのためにやがて大きな怪我までしているのである。

三島氏がボディ・ビルによる肉体の獲得の過程についてのべながらしきりにいっている受苦とは、ただあの方法における単純安全な反復に耐えるということでしかなく、他のスポーツには付随してある精神あるいは情念における苦痛についてでは全くない。

スポーツにおける極意のための絶対必要条件とは、精神の強靭さの獲得のために用意されている苛立ち、怒り、屈辱、あるいは劣等感といったあくまで他人との関わりの中で克服獲得しなくてはならぬ相対的な自己認識である。ボディ・ビルという、私にとっては退屈きわまりないトレーニングにはそれがない。ただ反復ということに耐えれば間違いのない株を買うように目に見えた配当がもたらせはする。三島氏のようにそれに随喜し、それこそが必要な人間もいれば、それには決して満足出来ない人間もいる。しかし決してそれらを一律に並べることはできない。(『三島由紀夫の日蝕』〔以下『日蝕』と略〕平3、四一頁)

公威は生来ひよわな、女の子みたいな少年であった。五歳の元日の朝、自家中毒の発作をおこし、あやうく一命をとりとめたが、月に一回その発作がおきた。何度となく危機が見舞った。自分に向って近づいて来る病気の跫音《あしおと》で、それが死と近しい病気であるか、それとも死と疎遠な病気であるかを、彼の意識は聴きわけるようになった。学校での六年間はおおむね悲惨だった。入学前からの病弱と、周期性の肺門淋巴腺炎とは、一年生のあいだ公威をしてしょっちゅう学校を休ませ、祖母は前にもましてその健康に眼を光らせた。体操の時間も休み、四年生になるまで遠足にも参加することは許されなかった。男の子と乱暴な遊びをすることも、青空の下どこまでも走っていくことも、まして、海の中であばれまわることも、海浜を元気よく走ることもすべて許されなかった。母の倭文重《しづえ》は三島への祖母の影響を正確に観察していた。しかし、姑の理不尽な、息子のために悪い環境を阻止することはできなかった。

十三・四歳の頃の公威は、「纖細で、どこか女性的な挙措をそなえた、温和で、脆弱な」感じであったと、その頃を知る友人も語っている。

戦後になって、三島はそういう自分の中の「纖細で女性的な」面を極度に嫌悪するようになる。昭和二十七年の夏、まず水泳から身体訓練をはじめた。昭和三十年になって、ひとたびウェイト・リフティングをはじめてからは、三島は週に三回ずつの練習という規律を十四年間にわたって維持し、何ごとにもそれをさまたげさせなかった。外国の町に着いて最初にすることは、ホテルに最寄りのジムを見つけ出すことだった。

はじめてから三年後の昭和三十三年にジムで三島に会ったウェイト・リフターの久保は「これ以上やるには貧血質すぎる」という印象をもったそうである。だが、三島の肉体はだんだん持ち主の要求に応えはじめた。日記から判断するに、昭和三十四年一月五日に、よくまあここまで来たものだと述懐しているのが三島の個人的な感想だったのである。

昭和三十八年になると、小学館の百科事典の編集部が「ボディビル」の項目に載せる写真にポーズしてくれないかと依頼してきた。三島は友人の久保に、それを人生でいちばんうれしかった瞬間の一つだと語ったそうである。

問題は、三島が努力を集中したのが腕と胸と腹だけで、脚のほうをネグレクトしていたことだった。脚は痩せて脆弱なままだったのである。筋肉の躯幹を支えている二本のマッチ棒。後年の三島はウェイト・リフティングの写真を腰から上だけならポーズに応ずるようになるだろう（ジョン・ネイスン『三島由紀夫　ある評伝』昭和51、一一一頁）。

石原氏は、「ただ反復ということに耐えれば、間違いのない株を買うように目に見えた配当がもたらされる」と言う。しかし、三島にとって週に三回ずつの練習という規律を十四年間にわたって維持するというのは並々ならぬ努力であり、同時に精神の鍛錬であったのである。

幼い頃の三島はひよわで腺病質な少年であった。少し無理をすれば熱を出す体質で、それだから祖母も極端に過保護にならざるをえなかったのである。幼い頃から湘南の海辺を走りまわっていた石原は三島から見れば自分とは正反対の若者だった。スポーツ万能で、青白い文学青年とは似もつかぬ行動者と思えた。だからこそ、戦後文学の旗手として自分に代って新世代を代表する文学者として登場させたいと思った。そういう特別の思いと親愛感があったからこそ、自分が少しずつ逞しくなりつつあることをこの後輩に誇示し、はげましてほしいと思ったのである。機会があれば、自分の肉体の鍛錬の成果を彼に見てもらいたい。できれば、少しでもほめてほしかったのである。

どういう訳か三島氏は依然だすのはストレートだけで、見かねて私は、

「フック、フック」

叫ぶのだがどうにもままならない。ゴングが鳴ってコーナーに戻った三島氏は依然蒼白で吐く息ばかり荒く、ギアの下の目が座って見えた。並んだ石橋に振り返ると、応えるようにしきりに首を振りながら、

「えらいもんだ、いやあ、えらいもんだ」

チャンピオンは言ってくれた。

第二ラウンドは小島氏が顔を差し出すようにして打たせ、パンチがきいたようによろけてみせたりしたが、それが励みになったか周りからかかる声に気負って三島氏がストレート一本のラッシュをかけると、今度は小島氏が軽く身を捻りながら、「それいくぞ」と声をかけての反撃で二つ三つパンチを放つ。それがガードの空きっぱなしの三島氏をまともにとらえ氏はよろめいたりしていた。

シャワーを浴びて出てきた三島氏は今までとうって変った上機嫌の饒舌となり、部員たちとしきりに何やら声高に話しあっていたが、私がいたことにようやく気づいたようなので、

「なんでフックを打たないんですか、ストレートばかりで」

私がいうと、やや不機嫌そうに

「フックはまだ習っていないんだ」

氏は言った。(『日蝕』三八―三九頁)

「こと拳闘に関して三島氏は自らの期待に反してその才能はほとんど無いものにしか見えなかった」という石原氏の証言はそのとおりだと思う。

「私が氏の始めてのスパーリングを眺めて感じたもの、それをその時、同じリングサイドにいたクレバーボクサーの石橋選手は、しきりに首を振りながら、〝えらいもんだ〟といっていたが、それは身の程を知らず危険をも顧みずにボクシングという技に挑む氏の無謀への精一杯の賛辞だったに違いない」というのもそのとおりだろう(同三九頁)。

しかし、剣道にかんしては、石原氏は三島に対し、いささか過少評価していたのではなかろうか。

例の三島事件の日、市ヶ谷の自衛隊総監室に突入し、益田総監をしばり上げ、机やロッカーを倒しバリケードを作りはじめた。総監救助に入った原一佐ら五名に対し、「外に出ないと殺すぞ」と脅迫し、室内に入った川辺二佐に背後から斬りつけ、木刀で防ぐ原一佐に飛びかかり、木刀を三寸ぐらい断ち落した。さらに笠間二曹の腕に斬りつけ、中村二佐の左手にも斬りつけた。短い瞬間における三島の刀さばきは見事としかいいようがない。相手に致命傷を与えることは絶対禁物で、最少限の怪我にとどめなければならない。三島はあくまで冷静に対処した。三島裁判において被害者たちは「彼に殺意は全く感じられなかった」と証言した。
石原氏は三島事件が二年前から周到に計画され、ほんのわずかの遺漏も許されない情況において、完璧に、計画どおり実行されたことに三島の真剣さが現われていることを信じていない。石原氏は三島が自分と同じようにニヒリストであるにもかかわらず、恐るべき死の哲学があったことに気付いていない。

私はもともと一種のニヒリストだから自己の存在が全ての認識の拠点であって、所詮死んでしまえば他の何もない、私の認識の内にのみ全ての宇宙があると思っている。だからまた、決して逆説的にではなしに、それ故素直に死後の存在についても信じることができるし、人間の連帯も信じられる。人間はたった独りだからこそ他人の存在の意味もあると思っているが、氏の場合にはいろいろな観念が先にあって、国家とか、文化とか、伝統とか、はては天皇とか、結局それらに自分が律せられて在るような節があって、私には端的にしち面倒臭く弱々しいものにしか思えなかった。（同六九頁）

これこそが石原の根本思想であったのだろうが、これがあるゆえに、三島の死の哲学が理解できなかったのである。

「思想では人間は死なない」というのが、今の時代の社会通念であるのだろう。この平和と民主主義の時代にはおのれ一個の生命以上の価値はないのであるから、自分の命に代えても守られなければならないものなど何一つない。識者と呼ばれる人たちまで頑固にそう信じこんでいる。しかし、この社会通念こそが現代日本の恐るべき思想的空洞化をまねく元凶であったのだ。三島はこうした考え方を徹底的に打破するために、「今こそわれわれは生命以上の価値の所在を諸君の目に見せてやる」(〝檄〟の中の言葉)と叫んで、自決しなければならなかったのである。

2 文武両道の不可能性

こういうことを言うと、ますますいかなる形而上学も信じない石原さんを胡散《うさん》臭く思わせてしまうだけのことだから長々としゃべるのはやめにしよう。

剣の道の剛の者だった亡き立原正秋はそのエッセイ「寒椿」の中に次のように書いている。

あまりにも脆弱な武であった。おのれの脆弱さをいちばんよく知っていたのは三島氏自身であった。彼はそれにうち克つために劍をやり、ボディ・ビルをやり、空手をやり、楯の会をこしらえていた。そうしたかたちを見世物にしはじめたとき、私は無理につくり上げた武には限度がある、限度がきたとき、彼は自決するだろうと考えたのである。こと劍に関するかぎりこれは自明の理である。(中略)

C社のS氏は三島氏に劍の手ほどきをした人だが、あるときS氏から、雑誌のグラビヤから三島さんとの立ちあいを申し入れられてもやらん方がいいよ、と言われたことがあった。(中略)三島氏は、はじめから終りまで、演技に徹した生涯であった。しかし、三島氏はなぜ自宅で割腹しなかったのか。まことの劍を知っていたのなら、法を紊《みだ》すことはしなかったろうし、ましてや青年を道ずれになど出来るはずがない。最後まで演技によって自己顕示をしなければ気のすまぬ人だったのだろう。もし独りで割腹自殺をしていたのなら、三島美学ははじめもよく終りもよかった。

なるほど石原氏が感心するだけのことはある。立原氏は、たしかに劍の恐さを知っている人であるらしく、その発言には説得力がある。けれども、映画「憂国」の主人公としての三島の切腹は演技であったにしても、自衛隊総監室における自決は本物であった。法を紊すことも目的ではなかったし、その頃、森田にいいかわした恋人のいることを知っていた三島は何度も自決を思いとどまるように説得したが、森田は自分の信念によって決断したのである。もし三島が自室で独りで割腹自殺をしたら、「それ見よ、三島は自分の美学を完成させるために自殺した。要するにエゴイストであったにすぎない」といわれる。

もとより、文の人であった人が、文と分離した武の人になれるとは思っていなかった。文武両道は彼にとっては容易に実現しない理想にすぎなかった。しかし、三島美学の完成のための死と思われないために、次々と文学関係の人との交わりを断っていった。それでも、川端先生と石原氏だけは切り捨てることはできなかった。それほど大切な人と思われていたのに、石原さん、なぜ「楯の会」一周年記念の式典に招かれていながら、欠席通知を出したのですか。

欠席の通知を出した後、三島氏と出会い、欠席をなじられたので私が出席の必要を感じないといったら、氏がさらにそのいわれを質した。

「楯の会というのは軍隊ですか」

私が聞き直したら、

「民兵だ」

と氏はいった。

「だとしても、劇場の屋根の上でパレードするというのはやっぱり玩具の兵隊だな」

いったら憤然として
「君にはあそこで式をするいわれがわからないのか」

「なんですかそれは」

「あそこからは皇居が見えるからだよ」

氏は胸をそらせていったものだった。（『日蝕』一一二―一一三頁）

村松剛氏の『三島由紀夫』（平2、四五五―四五六頁）によれば
国立劇場の屋上で行なわれた「楯の会」一周年記念の式典では、三島は川端康成に祝辞を述べてもらうつもりでいた。

鎌倉の川端さんの家に行って彼がその依頼を切り出すと、川端さんは言下に、

——いやです。ええ、いやです。

にべない返事なんだよと、三島はその口調をまねしながらいった。ことわられるとは思っていなかったので打撃は大きかったのである。川端さんは政治ぎらいだからといって慰める

と、

——だって今東光の選挙のときには、応援に走りまわったじゃないか。

選挙の応援はともかく、「楯の会」にまではついていけないというのが川端康成の立場だったろう。

三島事件に対する石原氏の感想はあまりにも冷淡である。

現代の狂気としかいいようがない。……ただ若い命をかけた行動としては、あまりにも、実りないことだった。(『読売新聞』昭45・11・25)

『日蝕』での感想はもう少し実がある。

三島氏のあの奇体な死に方の最大の要因は何よりも氏の強烈な自意識であることに間違いはない。もっとも誰であれ自分で寿命を縮めて死ぬ人間がそんな作業を自意識によらずに出来る訳もない。そう思って見れば三島氏の自決は三島氏なりにごく当然のことということにもなりそうだ。(六八頁)

3　三島の幼児性

また、三島の剣道の話にもどるが、石原はあくまで皮肉な観察をしている。

　氏は私の目を意識して、大層誇らしげに例の大きな声を張り上げ竹刀を振っているのだが、「面っ、面っ、面っ」とかけるその声と振り下ろす竹刀の動きがたちまちぐはぐにずれてしまい、しまいには全く合わなくなってしまう。丁度子供が緊張したりすると歩く時の手と足が揃ってしまって、いわゆる南蛮歩きになるのによく似ていて滑稽だが当人は一生懸命だし、笑う訳にはいかない。

　打ち合いになると相手の年配の高段者が適当にあしらいながら時々、どうやらそれが氏の得意技(?)だったらしいがほとんど一つ覚えの抜き胴をとられてやっている。まだまだ続くのかと思っていたらそれだけで息の上がった三島氏が突然、「有り難うございました」、叫んで正座してしまい、相手の年配者が防具の陰で微苦笑するのがうかがえた。(同五五頁)

三島のそういう子供みたいなところがぼくには微笑ましく憎めないのだが、石原氏はなぜそれを三島の弱点として責めたてるのであろうか。三島は子供の頃からの劣等感があるから、何とかして石原に感心させてやろうと必死なのである。スポーツでは一歩上を行く石原さんがどうして、「三島さんもなかなかやるじゃありませんか」と言ってやるだけの余裕がもてないのだろうか。文学では三島に一日の長があるがゆえに、自分の得意なスポーツでいじめてやろうとする石原さん自身が子供みたい。そういえば、三十二、三の年の頃、湘南サーフライダースというサッカーチームで「早稲田では一年の時からレギュラーだった久保田という素晴らしいセンターフォワードを得て、彼とのコンビで二年続いて、今でいうアシスト王だった」（同四四頁）と自慢する石原さんはまるで子供みたいに無邪気だ。三島由紀夫、江藤淳、北杜夫、石原慎太郎など、すぐれた文学者には一番感性の豊かであった幼年期の感受性をそのままもちつづけている人が多い。それあるがゆえに多少人に迷惑をかけたとしても仕方がないのではあるまいか。

三島氏のような高名な作家にその実力に関わりなしに段位を贈ることで、贈る側にはなんらかの社会的効用があるに違いあるまいが、三島氏の場合にはいたいけない子供に危険な花火を与えたようにことは火傷ですまず大層な罪つくりとなった、ということを贈った側の人間たちははたして知っているのだろうか。三島氏を作家として敬愛していた私は、そうした俗な当て込みをして憚らぬ人間たちを憎んでもあきたりない。（同六三頁）

ドイツ語にkindisch（子供じみた、愚かな）とkindlich（子供らしい、無邪気な）という区別があるが、拳闘や剣道に熱中する三島は、Kindlichkeit（幼児性）そのもので天真らんまんという感じがする。

私は走り出したい。泳げるようになってみたい。いつも戸外の外の光のなかで暮したい。私は跳躍したい。水泳選手になりたい。一瞬も考えないで行動したい。（「椅子」『岬にての物語』新潮文庫、昭53、一八七頁）

祖母の病室で女の子としか遊ばせてもらえなかった幼年期のひりつくような願望がやっと実現したのである。石原さんはそういう事情を知らないはずはないのに、なぜもっと暖かい目で、スポーツに熱中し、どうだ、成長しただろうと自慢する子供のような三島さんを見守ってやらなかったのか。文学では尊敬し、敬愛する三島由紀夫であっても、スポーツにかんしては石原さんのほうがはるかに先輩なのだから、もっと余裕のある態度でどうして彼に接することができなかったのだろうか。

4 『太陽と鐵』

『太陽と鐵』なる作品についてドナルド・キーン氏は、

正直いうと「太陽と鐵」という作品、ぼくはわからないのです。三島さんが、いつだったか手紙をくれました。自分のことを知りたいと思ったら、ぜひ「太陽と鐵」を読んでくれという内容でした。手紙を書いたとき、三島さんはおそらくそう信じていたのでしょうが、ぼくには「太陽と鐵」がわからないし、別の意味ではあの作品は大嫌いです。あれがはたして、ほんとうの三島さんだったんでしょうか。もちろん、部分的には理解できるところもないではありませんが、だが、全体としては、なんともいえない不愉快な作品なんです。(『悼友紀行 三島由紀夫の作品風土』昭和48)

と言っている。ぼくも最初は同じ印象だった。何回も、三島さんから、これこそ、第二の『仮面の告白』なんだから、ぜひ読んでほしいと言われた。最初に、虫明亜呂無が賞賛してくれた。次に秋山駿が『批評』でほめてくれた。わかる人なら、ちゃんとわかるのだ。それが生前には全くわからなかった。ところが、三島が自決した直後にこれを読んだら、こんどは嘘のようによくわかった。つまり、この本は「なぜ三島が死なねばならぬか」をまるで絵解きするようにわからせてくれる本であったのである。

すでに十五歳の私は次のような詩句を書いてゐた。

「それでも光は照ってくる
ひとびとは日を讃美する
わたしは暗い坑のなか
陽を避け　魂《たま》を投げだす」

何と私は仄暗い室内を、本を積み重ねた机のまはりを、私の「坑」を愛してゐたことだろう。何と私は内省をたのしみ、思索を装ひ、自分の神経叢の中のかよわい蟲のすだきに聴き惚れてゐたことだろう。

太陽を敵視することが唯一の反時代的精神であった私の少年時代に、私はノヴァーリス風の夜と、イェーツ風のアイリッシュ・トゥワイライトとを偏愛し、中世の夜についての作品を書いたが、終戦を境として徐々に私は、太陽を敵に廻すことが、時代をおもねる時期が來つつあるのを感じた。（『太陽と鐵』旧版全集32、七三頁）

「武」とは花と散ることであり、「文」とは不朽の花を育てることだ。そして不朽の花とはすなわち造花である。

かくて「文武兩道」とは散る花と散らぬ花とを兼ねることであり、人間性の最も相反する二つの欲求、およびその欲求の實現の二つの夢を、一身に兼ねることであった。そこで何が起るか？　一方が実體であれば他方は虚妄であらざるをえぬこの二つのもの、その雙方の本質に通曉し、その源泉を知悉し、その秘密に與るとは一方の他方に對する究極的な夢をひそかに破壞することなのだ。（中略）

それは、つひに生きることのなかった人間を訪れる怖ろしい死であるが、彼はそのやうな死ではない死が、あの虚妄としての「武」の世界には存在することを究極的には夢みることはできるのである。（同九五頁）

早春の朝まだき、集團の一人になって、額には日の丸を染めなした鉢巻を締め、身も凍る半裸の姿で駆けつづけてゐた私は、その同苦、その同じ懸聲、その同じ歩調、その合唱を貫ぬいて、自分の肌に次第ににじんで来る汗のやうに、同一性の確認に他ならぬあの「悲劇的なもの」が君臨してくるのをひしひしと感じた。それは凛烈な朝風の底からかすかに芽生えてくる肉の炎であり、さう言ってよければ、崇高さのかすかな萌芽だった。「身を挺してゐる」といふ感覚は、筋肉を躍らせてゐた。われわれは等しく榮光と死を望んでゐるのは私一人ではなかった。（同一二五頁）

筆者が傍点をふった「悲劇的なもの」と「身を挺している」は『仮面の告白』にもともと用いられている語である。「汚穢屋《おわい》」を見て「私が彼でありたい」という「ひりつくような欲望」を感じたことを思いだしていただきたい。

心臓のざわめきは集團に通ひ合ひ、迅速な脈博は頒たれてゐた。自意識はもはや、遠い都市の幻影のやうに遠くにあった。私は彼らに屬し、彼らは私に屬し、疑いやうのない「われら」を形成してゐた。屬するとは何という苛烈な存在の態様であったろう。われらは小さな全體の輪を以て、巨きなおぼろげな輝く輪をおもひみるよすがとした。そして、このやうな悲劇の模寫が、私の小むつかしい幸福と等しく、いづれ雲散霧消して、ただ存在する筋肉に帰するほかはないのを豫見しながらも、私一人では筋肉と言葉へ還元されざるをえない或るものが、集團の力によってつなぎ止められ、二度と戻って來ることのできない彼方へ、私を連れ去ってくれることを夢みた。(中略)

かくて集團は、私には、何ものかへの橋、そこを渡れば戻る由もない一つの橋と思はれたのである。(同一二五頁)

石原慎太郎は、三島のように「陽を避け、暗い抗のなかで内省をたのしみ、自分の神經叢の中に閉じこもっているような少年時代」を経験したことはなかった。三島にとって石原はもっとも正反対の他者であった。なにしろ、太陽のさんさんと輝く海の中で泳ぎまわり、ヨットを楽しむ青春の只中から登場した、まさに太陽族のトップ・ランナーである。蒼白く、病弱で、自意識のかたまりの文学青年であった三島から見れば、まさしく理想的な自分の反対者であった。石原を新しい文学の先駆者としてもち上げ、自分はつねに彼の良き師、良き理解者としてふるまった。

氏は私への評価の最大の所以を、私が日本の在来の知的なものを軽蔑する姿勢を文壇に持ちこんだこととしているが、それはなにも私の知的意識によるものでなく、私の純肉体的な存在論への志向がもたらしたものであって、ある人から見れば無意識の所産といえる。(『日蝕』六七頁)

そういう石原氏から見れば、『太陽と鐵』のような、難解で、珍妙な理屈をこねまわした、古典的で美文調の文章を嫌うのは当然すぎるほど当然なことである。ボディ・ビルで肉体を鍛錬し、剣道まで学んだ三島がもっと男らしく、健康的であってほしかったのである。石原が愛し、尊敬する三島が晩年には、妙に回顧的、退嬰的で、見かけとは正反対に、女みたいなところがあると言うのである。

『太陽と鐵』という厄介な書き残しは三島氏のなによりのアリバイのように見えても、実は氏の犯行の大事ななによりの証拠に違いない。ここにもりこまれたさまざまな矛盾と嘘と分裂を糊塗するために氏はさらにその後、政治、国家、文化はては天皇までも持ちだして自分を飾り、その未練さを末梢するために、潔さそうで実は極めて個人的な自殺を遂行することになっていく。(中略)三島氏の内に、国家への愛着とか危機感、使命感といったいかなる公的衝動よりも、何よりも汪溢《おういつ》していたのは自己への執着だったに違いない。(同九七頁)

ここまで言ってしまえば、今までの深い信頼関係、美しい友情はどうなったのかと言いたくなる。人間通《モラリスト》ならだれの心の中にもエゴイズムがひそんでいることをいくら隠しても見事に暴き出してくれる。公的な憤死とみせかけて、実は個人的な自殺と解釈することは自由である。しかし、彼が自殺を覚悟したのち、ひとりひとりの友人に優しいいたわりの声をかけ、家族の今後についても可能なかぎりの配慮をしたことは注目すべきである。強そうに見せかける人間が意外に弱いことがあることも周知の事実だ。あれほど信頼した石原から、こんなにひどいことまで言われる三島がかわいそうでならないのである。

5　石原への三島の公開状

三島が石原を怒らせたのは、昭和四十五年六月十一日に毎日新聞の夕刊に書いた「士道について・石原慎太郎への公開状」であったかもしれない。

その「論旨は、私が今は亡き高坂正堯氏とした対談での自民党への批判をさらに批判して、いったん党にはいったならばそこに禄をはむ人間としては、藩に抱えられた昔の気質の武士と同じように一切批判などすべきではない。それは武士道にもとる。本気で批判するなら武士がしたように諫死の切腹をせよ」という内容のものであった。

「私の反論は、私は武士などではなく政党政治の中でこちらから党を選んで入った政治家であり、私がはんでいる禄は党なのではなしに、特別公務員である議員としてあくまでも国家国民から頂いているのであって、政党政治家が党から禄をはんでいるなどというのは初歩的な認識違いもはなはだしい。私が仕えているのは国家国民に対してであって、党などではない。その限りの責任であくまで政治の手段でしかない政党を批判し、よりよきものに是正していくのは当然の責任ではないか。私は禄をもらっている訳でもない政党のために諫死などするつもりはまったくない」と石原は言う（『日蝕』一〇五頁）。

ぼくは三島の言うことにも一理あると思う。石原氏は「禄は党ではなく特別公務員である議員としてあくまで国家国民から頂いている」ということに力点をおいて議論をすすめているが、これは問題を巧みにはぐらしているだけで、三島氏もそのぐらいの知識がないわけではない。三島はあくまで譬《たと》えとして「藩に仕えている武士のあり方」をもちだし、これとくらべて、石原氏がまるで外の人間であるように、まるで評論家であるかのように自由に自民党を批判している。そういう党の一員としての責任のあり方を問題にしているのである。石原氏はかつて総裁選に立候補して大方の予想以上の票を集めたことがあった。彼が中心になって作った青嵐会をバックにして、石原派を作り、党に影響力を与えることもできたはずである。党に批判すべき点があるのであったら、まず党内で議論し、党を変えていくのが自民党をよりよくしていくための最善の道であったはずである。党の外にいる人と同じ視点にたって自民党を批判することは自分自身を批判することになる。石原氏自身が自民党の一員である以上、どうしてもそういうことにならざるをえない。そのことを士道にたとえて三島氏が公開状を書いたことは、明敏な石原氏にわからなかったはずはないのに、問いかけをはぐらかしているとぼくは思った。

しかし、この話はもうこのぐらいにしておこう。もう三十年も昔の話で、今は、石原氏も都知事になり、実に立派な着眼点にたって都政を改革し、議員時代よりも国じゅうに大きな影響力をもつようになっている。氏が次々に打ち上げた政策にぼくは賛成している都民の一人である。

三島氏は私にとっていろいろな意味で大切な存在だったし、わけても、私の大切な理解者、という以前に本質的な発見者だった。

私自身はいわば時代の恩寵を受けて、自分でも思いがけぬ形で物書きとして世の中に登場したが、登場した私も登場させた世間も過分に無意識なところがあった。三島氏はそんな私について怜悧で正確な分析をほどこし、無意識な時代と世間を相手に有り難い証人と弁護人となってくれていた。

氏は私の最初の選集の解説を自ら買って出てものしてくれたが、その炯眼《けいがん》は政治という文字を一つも使わずして私の将来の政治参加を予見してもいた。(『国家なる幻影』平11、一八七頁)

三島事件から二十九年、『日蝕』を書いてからも八年の歳月がたち、その年月が二人の間の一時的なわだかまりを流し去ってしまっていた。そうして、「三島さんは自分にとって大切な人だったんだなあ」という感慨がおしよせてきたのだろう。

対米追従の外交姿勢の変革は、世界一の債務国であるアメリカがドルを基軸通貨として踏まえて行う狡智にたけた金融世界戦略に、世界一の債権国である日本が巻き込まれたまま疲弊し、同じ犠牲に供せられている身近な東アジアへの対処もままならぬ現況で、それらへの対応解決のための基本的な認識として不可欠なものに違いない。

財政にさっぱり通じない政治家たちが、国内の経済問題の対処に結局役人の知恵を借り、発想力を欠いた官僚は結局アメリカにお伺いを立て、アメリカ政府はアメリカの政治の陰の支配者の一人である金融筋の意向を質し、結果はウォールストリートの意思が世界を攪乱し牛耳っている実態の中に日米関係の本質は歴然と露呈しているのではないか。(同六五三頁)

ここには、この時点における日本の情況が正確に活写されているとぼくは思う。

最近の日本の政界における原理には、その基底に國家などというものがもはやほとんどありはしない。彼らが籍を占めるのは日本国の国会であろうと、彼等を抱えている日本という国は、実は往々アメリカであり、そうであることにほとんどの者が疑義を抱かずにきているのだ。そしてそれぞれの党派の掲げるものは、依り所もない空疎なイデオロギーでしかありはしなかった。彼等の唱える国家なるものはどこまで掘って探していっても、それぞれ異なるそれぞれの空疎な論のために都合のいい実体のうかがえぬものでしかありはしなかった。(中略)私たちは過去にかち得た経済繁栄の中で、実は国家としては堕ちる所まで堕ちてしまったとしかいいようない。その経済も最後の果実として今では巧妙に収奪されつつあるが、その対処に急げといわれながら、結局、そういってくるアメリカに伺いをたてる以外にない体たらくなのだ。

私は議員辞任の挨拶の中でこの国を、思わずも、男の姿をしながら男の能力を欠いた宦官に譬えたが、実体はもっと無残で、日本はアメリカが恐れる余りに意図し完成した日本の実質解体の結果、自らの足で立って歩むことを嫌がったかっての為政者によって、纏足《てんそく》をほどこされて囲われた妾のようなものでしかない。(同六六八頁)

ぼくも全く賛成である。三島が予測して、恐れたのは、未来によって日本がこのような姿になり果てることであった。今こそ、三島の〝激〟が必要な時代であるという点において、ぼくは石原氏と全く同意見である。三島はこんな姿の日本を見たくないと思ってか、あまりにも死にいそぎしすぎた。

◇　◇

「三島の死は個人的な死にすぎない」と石原氏は言うが現在の時点ではかならずしもそうとはいいきれない。最近だんだんわかってきたことは、三島は自衛隊の一部の将官と共謀してクーデター計画を準備していたらしい。しかし、事態の推移が思わしくなくなるとジェネラル（将官）たちは手を引いてしまい、すべてを三島と「楯の会」のメンバーの責任にしてしまって、すべての秘密計画の証拠を湮滅してしまった。三島は自衛隊のこの裏切りに怒り、ついに憤死せざるをえなかったというわけである。

二〇〇一年六月一日、自衛隊の陸将補であった山本舜勝《きよかつ》が講談社から発表した『自衛隊〝影の部隊〟』の副題は「三島由紀夫を殺した真実の告白」となっている。

十月二十一日、新宿のデモ隊が騒乱状態を起こし、治安出動が必死になったとき、まず三島と「楯の会」会員が身を呈してデモ隊を排除し、私の同志が率いる東部方面の特班も呼応する。ここでついに、自衛隊主力が出動し、戒厳令的状態で首都の治安を回復する。万一、デモ隊が皇居へ侵入した場合、私が待機させた自衛隊のヘリコプターで「楯の会」会員を移動させ、機を失せず、断固阻止する。（『自衛隊〝影の部隊〟』一九六頁）

クーデターによって憲法改正を行うには、アメリカの了解が不可欠であった。私は、アメリカの押しつけによる憲法を改訂する以上、それが歴史的必然とも思った。しかしそれは、一方で、三島由紀夫の言う「自衛隊は永遠にアメリカの傭兵として終る」、すなわち米軍に従属することをも意味する。三島はクーデターによる憲法改正という大義のために、アメリカへの了解を得るという矛盾を受け入れたようだが、その矛盾を私は無視できなかった。(同一九七頁)

三島は絶えず私にともに決起するよう促した。しかし私は拒否しつづけ、そうしたクーデター計画に突き進まないよう、その話題は避け、もっと長期的展望に立った民間防衛構想に立ち帰るよう、新たなプランを提案した。(同一九九頁)

文学界の頂点に立つ人気作家三島由紀夫の存在は、自衛隊にとって願ってもない広告塔であり、利用価値は十分あった。その彼が広告塔どころか、自らを犠牲にして、自衛隊の自立という永年の悲願を成就しようとしている。ジェネラルたちは、三島の提案した計画に実現の可能性を見たのだ。(同二〇〇頁)

三島のクーデター計画が結局闇に葬られることになったのは初夏に入った頃だった。私はその経緯を詳しく知らない。藤原らは場合によっては自分たちも、死に誘い込まれる危険を察知したのかもしれない。(同二〇一頁)

ぼくはこの書に書かれている事実がどれほど信憑性をもつか判定する手段をもたない。しかし、すべてが山本氏の創作とは考えにくい。三島はしきりに「斬り死にする」ということを言っていた。自衛隊と連携する形での「楯の会」のクーデター計画は事実であったかもしれない。そういう隠された計画が実際にあったとすれば、三島の死は白昼夢のようでも、狂気の沙汰でもない。しかし、三島の発想そのものに幻想性があることは否定しがたいところであろう。

III　江藤淳における「自然と故郷のイメージ」

1　雪のイメージ

最近、「ちくま学芸文庫」から福田和也編の「江藤淳コレクション」全四巻が出たことを機縁に、これまで読んでいなかったエセーを拾い読みしていたところ、『批評家の気儘な散歩』（初版昭48）の中にある「自然と故郷のイメージ」を読んで深く感動した。

深夜にわかにパット目がさめる。目がさめると、自分だけに感じられるのか、なにか異様な雰囲気がある。もしやと思って、外を見ると白いものが降っている。ああ雪だな、というわけです。雪の日には外が非常に静かになるのも嬉しいことです。自動車が通れなくなるせいもあって、遮蔽幕がおりたような状態になりますから、さまざまな音が雪にくるまれてしまう。そういう雪の街を、ポクポクと歩いて、行く感じが、私は好きです。

コンラッド・エイケンというアメリカの詩人作家に『静かな雪・秘かな雪（Silent Snow, Secret Snow）』という短編小説がある。主人公は一人の少年です。この少年が雪の幻覚を見る話なのです。

この少年が自分の部屋で目をつぶっていると、雪がサラサラと降っている幻覚にとらわれる。この幻覚は慰めに充ちている。逆に現実の世界は、少年の心を少しも惹きつけないのです。そこに郵便配達夫が一軒ずつ歩いて郵便を配りにくるのですが、その足音も雪の幻想の中を歩いて来るように聴える。そのために、郵便配達夫の靴音が、ちょうどオーヴァー・シューズをはいてでもいるような、あるいはスリッパのまま町を歩いているような、慰めと喜びになる。この『Silent Snow, Secret Snow』というのがすでにきれいな題ですね……S《エス》のアリタレーション（頭韻）が粉雪のサラサラと降るような感じを出していて……、雪が降ると、この短篇小説のことなども思い出したりします。

フランソワ・ヴィヨンの、

Où sont les neiges d'un temps?
（こぞの雪、いずくにありや？）

という一句はたいへん有名ですし、中原中也にも、

汚れちまった悲しみに
今日も小雪の降りかかる
汚れちまった悲しみに
今日も風さへ吹きすぎる

という愛誦されている詩があります。これはヴィヨンも中原中也も、二人ともどちらかといえば、雪を素材にして人情を歌っているので、いずれも倫理的な詩といえるでしょう。雪の自然な清浄なイメージと、自分の汚れた現在とを対照させて、堕ちて行く者の悲しみを歌っているからです。

しかしこれとは対照的に、もっと根源的な力でうたっている詩に、三好達治の『雪』があります。

太郎を眠らせ、太郎の屋根に雪ふりつむ。

次郎を眠らせ、次郎の屋根に雪ふりつむ。

この三好達治のわずか二行の『雪』について、中原中也が〝燃えるような嫉妬〟を抱いていたといふ話を、いつだったか大岡昇平氏から聞いたことがありますが、それも当然で、

「汚れちまった悲しみに」

というのは多少とも個人的な詩ですけれども、

「太郎を眠らせ、太郎の屋根に雪ふりつむ。」

という詩はもっとずっと根源的な詩です。ここでは雪に人間が見るある深い安息のイメージが、「眠らせ」「雪ふりつむ」という、簡潔きわまりない詩句のなかに凝縮されていて、しかも大自然のしんしんとした力を感じさせる調べをかたちづくっているからです。（「江藤淳コレクション」４（以下「コレクション」４と略）平13、一五一一九頁）

2　天地有情

哲学者は物を知覚的相においてのみ見る。近代哲学は世界をあくまで認識の対象として眺める。それというのも、近代哲学者は科学的認識の普遍妥当性を基礎づけることにのみ関心があるからである。ぼくの「ものはつねに情感に包まれてある」という論点はいつも無視されてきた。科学哲学者を代表する人であった大森荘蔵氏は若い頃は科学的認識の客観性を基礎づけることに熱中していたから、心的経験が感覚与件（sense data）に還元されることがあっても情感性は捨象され、無視されることが多かった。おそらく、情感性は心の中の現象で物の知覚には関係ないと思われていたのである。ところがである。驚くべきことがおきたのである。

一九九六年十一月十二日の朝日新聞の夕刊に大森さんは次のように書いていた。

事実は、世界其《そ》のものが、既に感情的なのである。世界が感情的であって、世界そのものが喜ばしい世界であったり、悲しむべき世界であったりするのである。自分の心の中の感情だと思い込んでいるものは、実はこの世界全体の感情のほんの一つの小さな前景に過ぎない。

此《こ》のことはお天気と気分について考えてみればわかるだろう。雲の低く垂れ込めた暗鬱《あんうつ》な梅雨の世界は、それ自体として陰鬱なのであり、その一点景としての私も又《また》陰鬱な気分になる。天高く晴れ渡った秋の世界はそれ自身はれがましいのであり、其の一前景として私も又晴れがましい気分になる。

簡単に云《い》えば、世界は感情的なのであり、天地有情なのである。其の天地に地続きの我々に人間も又、其の微少な前景として、其の有情に参加する。それが我々が「心の中」にしまい込まれていると思いこんでいる感情に他《ほか》ならない。

これは二〇〇〇年四月に「ちくま学芸文庫」の一冊として書かれた、ぼくの『天地有情の哲学』の書き出しの部分である。「この天地有情の発想に根ざした哲学を展開してゆくことがぼくの夢だ」とこの書の末尾にぼくは書いた。しかし、これは新しい哲学でも何でもない。文学者はとっくの昔にそのことに気付いていた。

「太郎を眠らせ、太郎の屋根に雪ふりつむ」

という三好達治の詩が根源的に天地有情の発想にもとづくものであることは明らかだ。中原中也の「汚れちまった悲しみ」にも、深い情感性がこもっているにはちがいないが、それは個人的な感情にすぎない。それにくらべて、「太郎を眠らせ」る雪は天地有情を感じさせる。

「自然と一体」などという出来合いの連呼に耳を貸す必要はない。我々は安心して生まれついたままの自分に戻れば良いのだ。其処《そこ》では、世界と私は地続きに直接に接続し、間を阻むものは何もない。

楚我一如、天地人一体、の単純明快さに戻りさえすれば出来ることで、たかだか一年も多少の練習をしさえすれば良い。（同『朝日新聞』平8・11・12夕刊）

大森荘蔵さんの断定はまことに明快である。だが、まわりの自然を見廻わしてみるがいい。人為的に加工されない自然がどこにあるだろうか。全く左右対称的で幾何学的なフランス式庭園はとても落着けないが、イギリス庭園も日本庭園もかなり人工的で、なかなか自然と一体というふうにはならない。

「意識」こそ、デカルト以来、西洋思想の根底として現代科学の骨の随まで貫通しているものである。そして此の「意識」が、世界と人間との間に立ちはだかる薄膜として世界との人の直接の交流を遮断している元凶だと思われる。最近ではそれに、脳生理の一知半解が加わって、数ミクロンの「脳細胞《ニューロン》」が、意識の代役をつとめるといった奇怪至極の現象さえ見られる。此の歪《ひず》んだ状態から人間本来の素直な構図に戻るのに、難解だけが売り物の哲学や、思わせぶりの宗教談議は無用の長物。

我々は安心して生まれついたままの自分に戻ればよいのだ。其処《そこ》では、世界と私は地続きに直接に接続し、間を阻むものは何もない。(同)

この大森さんの言葉にぼくは賛成である。現代の哲学者も、この〝意識〟という言葉の呪縛からどうしても離れることができないためにさまざまのアポリアに直面し、もがき苦しんできたのである。かつて意識は存在にいたるためのもっとも確実な通路として考えられてきた。その意識が信用できなくなってきたのは、本来、存在に導くはずの通路であるはずの意識が存在に達することをそれ自身で阻んでいるからである。意識の概念の及ぶ範囲はどこまでも拡がっていくが、けっして存在そのものに到達することができない。まず、意識から出発するかぎり、他我の存在に到達できない。というのは、意識というのはどこまでいっても、自分の意識であることをやめないからである。世界はすべて自分の意識内容ということになり、独我論の恐怖にとりつかれてしまうことになる。

デカルトは意識の哲学を開始した人と考えられているが、フランス語のconscienceは元来、良心を意味する言葉で、この時代には意識という意味はなかった。だから、仏訳の『省察』ではこの言葉は使われていない。ラテン語の本文で初めてこの語を意識という意味で使ったのである。『哲学原理』では、われわれがそれを〔直接〕意識する場合に、われわれの内部に生ずる一切のもの」を思惟(cogitatio)と呼ぶというように定義している。『省察』では「いかなる思惟も、これがわれわれの内にあるその同じ瞬間に、それについてわれわれが意識していないようなものはわれわれのうちには存在しない」と述べているが、これは右の定義と同じ内容を語っているにすぎないのである。だから、意識から直接存在を導き出すわけではない。意識の中に生ずる観念から、その観念の表象するところの対象を導き出すというのがデカルト哲学の方法であった。カントのような意識一般という考え方はない。デカルト的意識は、哲学史的にはしばしば、カント的な意識一般と同一なものと考えられがちであるが、それは誤解である。デカルト哲学を〈意識の哲学〉と呼ぶのは、後世の哲学史家の間違った解釈にすぎないのである。このへんでまた、江藤淳のエッセーにもどろう。

3　自己は他者である

人間とは意識だという考え方は、いうまでもなく合理主義的な考え方です。これをもっとも簡潔な表現でいいあらわしているのは、デカルトのあの有名な命題でしょう。

〝Je pense, donc je suis.（われ思う、故にわれ在り）〟

〝われ〟というものを極限にまで問い詰めて行くと、思っている〝われ〟というものがのこる。つまり意識がのこる。それが自我というものの根本である、というのがデカルトの考えであります。

ところがデカルトよりはだいぶあとになりますが、やはりフランス人で、アルチュール・ランボオという人がいた。このランボオが、たしか『イリュミナシオン』のなかにあったと思いますが、デカルトとはまったく反対の命題を提出しています。デカルトは数学者で、哲学者ですけれども、ランボオは詩人です。ランボオの命題はどういうのかというと、

"Je" est un autre (〝自己〟は他者である)

というのです。自己は他者である、というのは、つまり自分の意識が絶対的なものではない、ということでしょう。自分のなかにつねに他者が流れ込んで来て、自分というものはいくらでも相対化されてしまうものだ、というのです。(「コレクション」4、二八-三〇頁)

江藤はたしか『イリュミナシオン』のなかにあったと思いますが」と書いているが、この散文詩のどこをさがしても Je est un autre という言葉はでてこない。最初にこの言葉が登場するのは、ポール・ドゥムニーという友人の詩人への、一八七一年五月十五日に書かれた手紙の中にでおいてであるが、ランボオはまるでちがった意味でこの言葉を使っている。*

＊ 少し問題があるので原文を一部分引用し、ぼくの試訳を付しておく。

On n'a jamais bien jugé le romantisme; qui l'aurait jugé? les critiques! Les romantiques, qui prouvent si bien que la chanson est si peu souvent l'oeuvre, c'est-à-dire la pensée chantée et comprise du chanteur? *Car Je est un autre.* Si le cuivre s'eveille clairon, il n'y a rien de sa faute. Cela m'est évident: j'assiste à l'éclosion de ma pensée: je la regarde, je l'écoute: je lance un coup d'archet: la symphonie fait son remuement dans les profondeurs, ou vient d'un

bond sur la scene.
A, Rimbaud, Oeuvres édition de S. Bernard et A Guyaux, 《Classique Garnier》 Paris, choix de Lettre, p.347, A
Paul Demeny à Douai
Charlevilles, 15 mai 1871

浪漫主義が正しく判断されたためしはないのです。一体誰がそれに正しく判断を下したというのでしょうか？批評家たちですか！浪漫主義者でしょうか？彼らは歌謡《シャンソン》とは作品、すなわち歌い手によって唄われ理解された思想となることがきわめて稀であることをいとも明らかに證《あか》したてているのです。なぜなら、〈われ〉とは一個の他者であるのだからです。銅がラッパであることに目覚めるならば、それは少しも銅の落度ではないのです。このことは私には明白です。私は今、思想の開花のときに臨んでいる。それをみつめ、それに聴き入っている。私が楽弓を一ひき弾ずると、交響曲は奥深いところで鳴り初め、舞台の上に躍り出てきます。
　もしもばかな老人たちが〈自我〉について間違った意味ばかり見出してきたという事実がなかったなら、われわれはこれら何百萬の骸骨を一掃するまでもなかったでしょう。

ランボオはロマン派の詩人たちを過去のものとして葬り去ろうとしている。愚かな批評家たちはロマン主義がもはや過去のものであることに気付きはしない。ロマン派の詩人たちは自己認識に欠けているために自分たちとは全く異質な他者の登場に気付いていない。「自己は他者である」というのは、自分が彼らの想像したことのない、全く新しい存在、つまり、彼らから見れば他者なのだと言おうとしているのである。だから、ランボオの言葉は江藤淳の考えるような意味合いを全くもっていない。

ランボオは「われとは一個の他者」であるという言葉を使っているが、デカルトと反対の意味でこれを使う意図をもっていたわけでは全くない。この言葉を明確な反デカルト的意味において最初に用いたのはJ・P・サルトルの『自我の超越』(*La transcendance de l'Ego*, J.Vrin, 1978, p.78)においてであった。「意識の自発性は《我れ》から流出することはできないであろう。それは逆に《我れ》のほうへゆき、それと合一し、自分の明證な厚みのもとにそれを垣間見させる。けれども意識の自発性はなによりも、個別化されつつも非人称的にとどまる自発性としてあたえられる、ということ。」

これにつづき、エマニュエル・レヴィナスではまったくちがった意味に解釈されている。レヴィナスにおいては、自己への再帰、つまりみずからを再び見出すことによって同一化されるような自我の理念が挫折し、あるいは告発されているのである。自己と自己との再会は失敗してしまう。内面性は厳密な意味では内部的でないことになってしまう。私は一個の他者である。（小林康夫訳『他者のユマニスム』〔*Humanisme et de l'autre homme*〕白馬書房、一四三頁）

レヴィナスはたんなる意識の対象としての他者とは全くちがったものとしての他者と対面する。

存在者への接近は、それが視覚によるものであればあるほど、存在者を支配し、存在者に対して権力をふるうものとなる。〈もの〉に接近しながら、私は〈同〉のうちにとどまる。

顔は内容となることを拒否することにおいて現前する。この意味においては、顔は了解し内包することのできないものである。顔は見られもしなければ、触れられもしない。見ることや触れることの感覚にあっては、私の同一性が対象の他性を包みこみ、対象はまさしく内容となるからである。（合田正一訳『全体性と無限』国文社、二九二頁）

Je est un autre という言葉はランボオ時代以後もひとり歩き続けて、二十世紀において全く新しい意味において再登場したのである。デカルト的自我は今日においてはもはや明証的に確実な存在とはいえなくなった。自我が統覚的な意識主体ではなく、不確実な幻影あるいは虚点でしかないとするならば、自己経験の中にいくらでも他者がはいりこんでくることが可能となる。

デカルトを意識の哲学というのは、ずっと後世の考え方であって、デカルト自身にはコギト＝意識主体という発想はない。強いて言うならば、思惟主体というべきであろう。

「意識（conscientia）は思惟している瞬間に、同時に自分が思惟していることを意識している」というあり方においてしか登場しない。

デカルトはさまざまの可能的懐疑理由を設定しつつ、精神の内から感覚、想像力、記憶などの働きを切り離し、純化していく。こういう抽象化の過程において、一切合切を疑いつくそうとした「我」が虚構的一点において瞬間的に存在することを承認する。これが有名なコギト・エルゴ・スムである。ところが、たんなる純粋知性から私の精神が実体として存在することを証明することはできない。その目的のために、抽象化の過程を逆行し、ふたたび方法以前の現実的意識をとりもどし、日常的経験の立場に還帰してしまう。その場合には、健全な常識に帰って、「われわれの内にはただ一つの心しかなく、感覚的であるその同じ心が理性的なのである」（『情念論』）という立場に帰着してしまっている。日常の経験に帰ってみれば、純粋意識が世界を超越した視点において、すべての可能的対象の認識の可能性の根拠として立てられるとするカント的発想から解放されてしまっている。デカルトのエゴをフッサールの『デカルト的省察』におけるエゴ・コギトと同一視してはならない。だから、世界の内において、他者とともに存在しているという健全な日常感覚は少しも損われてはいないのである。デカルト自身は、意識の私秘性の中に閉ざされてしまっていて、他人の存在に到達できないという独我論的恐怖からは最初から解放されていたのである。

現代人は科学主義に偏向している。自然科学の客観的根拠をつきとめることが科学哲学者の重要な任務と考えられてきた。科学的世界といえば、知覚の対象として厳密な客観性をもっていると端《はな》からきめてかかっている。しかし、現実の事態としては、知覚的相のみに限定して観られる客観的世界というのは虚構物にすぎない。歴史と同じように物語であるといってもいい。大森さんの言葉にあったように、世界は感情的なのであり、天地有情というのが実相なのである。これはわれわれの心の中にある感情を世界の中に投影してみるからそのように見えるだけと考える人こそ、独断的偏見に囚《とらわ》れている。健全な生活経験にもどって考えてみれば一目瞭然なことなのだ。

世界は感情的なのであり、天地有情なのである。此のことを鋭敏に理解したのが、山水画、文人画を含む日本画家達《たち》であり、又西洋ではフランスの印象派の人々であったと思う。彼等《ら》は其の風景の描写にあたって何よりも其の風景の感情を表現するのに努力したからである。又音楽も、三次元空間に鳴り響く世界そのものが、音楽的感動なのであって、我々は其の感情のお相伴《しょうばん》を受けているだけなのではあるまいか。(前掲『朝日新聞』平8、11・12夕刊)

この大森さんの言葉にぼくは全面的に共感する。日本画はわざと構図を単純化する。できるだけ単純な線で描出しようとする。しかし、虚構的、装飾的な意味でそうするのではない。それが真実ありのままの姿をとらえるより的確な方法と考えてそうするのである。印象派の画家も、官能派のアカデミズムにいやがらせをするために点描法という新しい技法を考えだしたのではない。そう描くほうが真実ありのままの姿により近似的であると信ずるからこそ新しい画法を案出するのである。江藤もこの点では同じようなことを考えている。

4　ピュシスとしての自然

私はどうも人間はデカルトのいうように意識を主体として存在するわけではないように思います。人間はそういうふうには存在していない。そして、人間が合理主義的かつ歴史主義的には存在してないということを常にもとにかえってわれわれに教えてくれるのが、芸術的な体験や文学的な体験だろうと思います。つまりあの同時性の体験です。ディオニュソスが現に眼の前に出現する。エディポスが現にここにいる。そしてターナーの描いた吹雪は、われわれを取り囲んで茫然とさせてしまう。これはそもそも、人間の主体が意識では統御できないものを含んでいることを示しています。意識からはみ出すものが、われわれの主体には含まれている。それは何か。実はそれを自然というのです。

　これはなにも私の独断で申し上げているわけではありません。西洋人は自然というものをもともとそう考えていたからです。自然はラテン語読みにすればフィシスですが、ギリシア語読みにすればピュシスです。このピュシスの概念は、どういうものかといいますと、語源的にいっても、外側にはみ出してしまうものということになるらしいのです。外側にはみ出すとは、いうまでもなく規範《ノモス》や意識の外側にあるという意味である。つまり余ってしまうものを、自然といった。つまり余分であり、規範の内にとりこめぬ、なんだかよくわからないものであります。（「コレクション」4、三一−三二頁）

　この種の論議は古典学者にまかしておいたほうがよいようだ。自然はラテン語読みにすればnatura《ナトゥラ》であり、ギリシア語読みにすればphysis《ピシス》である。このピュシスの意味についてはいろいろ諸説があっていずれともきめがたい。常識的には「生まれる」という言葉に結びつけて考えられている。すなわち、生まれ、成長し、衰え、死するものが自然である。ニュートンによれば、「他から力が加えられない限りその状態を変えず、静止するものは永久に静止する。」　そういう無機的自然は近代の機械論的自然観によって作り出されたもので、古典的なピュシスは基本的には"growth"である。いいかえれば、「なる、あるいは生成する過程」(the process of growth) である、というのがハイデルの説であった。

ヘラクレイトスに、幽遠神秘な印象を与えるので有名な「自然は隠れるを好む」(断片123) という言葉がある。カークの訳では"The real constitution of things is accustomed to hide itself"となる。つまり、奴隷と自由民、神と人、昼と夜、戦争と平和(断片67) とは互いに対立しながらも一つの関係の内に結ばれている。そこには「両方向に働く結合関係」が見られる(断片51)。ところがこういう関係、結合に気がつかないのが多くの人々の実状で、それとすぐわかる関係に心を奪われるのが哲学者である。だから、ヘラクレイトスは断言する。「あらわならざる結合は、あらわなる結合にまさる。」この断片54との関係から見れば、問題の断片123「自然は隠れるを好む」の真意はほぼ明白で、ことさらに深遠不可思議なぞと言い立てなくても済むというのがカークのおよその意見である。

ここで注意すべきことは、ギリシア人にとって自然は意識と対立するものではなかったということである。昼と夜、戦争と平和という対立がいずれも自然において結びついている出来事だというのだから、人為によってどうすることもできないことと考えられていたわけである。人間の主体が意識で統御することができないもの、それが自然であったといっても間違いではないだろう。語源的にいっても、意識の外側にはみだしてしまうものという解答を古典学者から引き出すことは難しいだろう。しかし、ギリシア人は人間の思うままに自然を操ろうとすればかならず、人は滅亡すると考えたにちがいない。斎藤忍随氏は『プラトン』（岩波新書、昭47、一六七頁）の中で次のように語っている。

プラトンが言いたいのは、要するに日常的活動をしている人間が前面ばかり夢中で気づかないけれども、実は人間をいわば背後から支配し、支え、根拠づけている大きな理性的秩序があるということであり、その秩序を省みず、欲望、野心に奉仕する智恵、才覚のままに突進することが、いかに人間の本来の品位を汚し、野獣よりも甚だしい野獣化を招くか、ということである。ソポクレースではないが技術にたけ、智恵にたけ、限りなく欲望の実現に前進する人間という動物は、本当に恐ろしい動物なのである。

江藤は次のように言う。

デカルトの命題を見ても、西洋のものの考えかたに、元来合理主義的、歴史主義的な傾きが強かったことはおわかりいただけたのではないかと思います。西洋人は自分と客体的世界というものをはっきり分けて、自分と世界を対立したものとしてとらえるという習慣で数百年来やって来た。彼らがこのはみ出してしまうもの、ギリシア人がピュシスと呼んだものについて真剣に考えはじめたのは、比較的最近のことといっていいでしょう。ランボオの出現は、もちろんそのことを示すいい例です。

エドマンド・ウィルソンというアメリカの文芸評論家がおります（一九七二・没）。私はどういうものかこのウィルソンの書いたものが一番好きです。彼によれば、デカルトの時代のヨーロッパの思想は機械論的唯物論であった。時計の機械と、人間の存在している世界の構造が、ほぼ類推関係に置かれているような世界像です。理神論に立脚していて、神というものも非常に合理化されている。世界にはさまざまな運動がある。その運動の第一動因、つまり最初に振子を動かすものが神である。しかし神は第一動因でありさえすればよく、あと自然に振子が動いて、世界は截然と合理的に運行している、という考えであります。

ところが、そのあとにロマン主義という主張が擡頭《たいとう》してくる。世界は時計の機械のように整然とでき上ってはいない。それからはみ出してしまうものがあり、それが自然だ、というのです。この自然の主張が、ロマン主義運動の一番根本にあると考えて差支えないように思われる。

その後になりまして、こんどは生理学的自然主義というものが出現した。クロード・ベルナールの生理学で代表されるような考え方です。人間のみならず、生きとし生けるものすべてがそういう因果関係のチェーンで連関させられている。こういう決定論があらわれました。ゾラの自然主義などはこのベルナールの考え方を文学に応用しようとしたものだといわれている。

ところがそのあとにウィルソンの問題にしている象徴主義というものがあらわれる。ボードレールやランボオというような詩人が象徴主義のにない手としてフランスに登場する。象徴主義とは何かというと、一口でいえばさらにはみだすものの認識といえるのでしょう。科学的な、生理学的な因果関係からはみ出してしまう偶然的なもの、自由なもの、そういうものを表現しようというのが象徴主義であると、ウィルソンは説いている。つまりこのロマン主義と象徴主義という二つの文芸思潮は、まさに十八世紀から十九世紀にかけて西ヨーロッパにおけるピュシスといいますか、自然の再認識をあらわしていると考えられる。

ケネス・クラークというイギリスの美術史家に『Landscape into Art（芸術になった風景）』という研究があります。この本によると、ヨーロッパの美術に風景画が登場してきたのが、まさにこのロマン主義の出現と時期を同じくしている。

十五世紀ごろまでのヨーロッパ人が許容できた自然は、囲われた自然だけだったということがよくわかる。「エンクロージュア」——要するに塀によって囲まれた小さな庭の中の自然だけが、ヨーロッパ人の美として許容できる自然であった。ボッカチオなどを読んでみても、『デカメロン』なども塀の外ではペストが猖獗《しょうけつ》をきわめているが、塀の内には〝囲まれた自然〟があって、貴族の男女が風流譚を語るという設定で叙述がおこなわれている。

それでは塀の外はどうなっているかというと、これはまことに恐るべきものであって、山が描いてあっても、それは写実的な山ではなくて、いまにも人をとって食いそうな魔物の爪のようなかたちをした、佶屈聱牙《きっくつごうが》な山なんです。（「コレクション」4、三八頁）

5　日本人の自然

ルネッサンス的人間は、自然のうちに神の偉大な力のあらわれを見ようとする。自然のうちに神がやどり、生命が満ちあふれておればこそ、自然に従って生きるという考え方もできたのである。ところがその人の前から突如として、生命的自然が消え失せ、かわって、まったく非生命的、機械論的自然が出現したらどうなるか。それはいわば、自分がよって立つところの生存の基盤を見失うのであるから、恐ろしいばかりのパニックであるにちがいない。まさしく、それは「大いなるパーンは死せり」（B六九五、パスカルの『パンセ』のブランシュヴィック版の番号）という悲痛な叫び声によってしか表現しえないような事態であろう。

パスカルは神の力にあふれた生命的自然に対し断ちきりがたい愛着を抱きながら、しかもなお、科学者の眼でありのままの対象的自然、すなわち、死せる機械論的自然を凝視しようとして分裂していく。

いちど宇宙のうちに荒涼とした自然を見てしまった呪われた精神は、もはやそこにいかなる慰めも見出すことはできない。彼の前にあるのは、もはやかつてのコスモスではなく、無限大に広がりゆく、また無限小に分割可能な等質的空間にすぎない。今や、人は死んだように静まりかえっている無辺の宇宙空間にひとりぽっちで向いあって立っているのである。

この果てしなき空間の永遠の沈黙が私をおののかせる。(B二〇六)

生ける人格的神は、たとえば、教会というような場にある人間にのみ語りかけることができる。キリストという仲介者を通して人と人とが結ばれる場、すなわち精神共同体のうちにある人間にのみ、神は語りかけることができる。こうした精神共同体が破壊されたとき、神は人間と結びつくすべを失い、世界から立ち去る。「この果てしなき空間の永遠の沈黙」というのは、まさしく神の立ち去ったあとの沈黙、神の沈黙そのものの恐ろしさを語っている。

西欧的な機械論的自然観が日本にもたらされたのはごく最近のこと、二十世紀になってからのことである。それまでは、このような悲劇的二元論はわが国では知られなかった。日本人は古代以来の汎神論的自然観の中に安住していたのである。神々の立ち去ったあとの沈黙の恐ろしさに直面したことは一度もなかった。神々のしろしめす自然が自分がそこから生れ出てきた根源としての故郷であったのである。

以下、江藤の意見にしばらく耳を傾けよう。

『万葉集』に、富士山を詠んだ山部赤人の有名な長歌と反歌があります。

「天地の　分れし時ゆ　神さびて　高く貴き　駿河なる　布士《ふじ》の高嶺を　天の原　振り放《さ》けみれば　渡る日の　影も隠《かぐ》ろひ　照る月の　光も見えず　白雲も　い行きはばかり　時じくぞ　雪は降りける　語りつぎ　言ひつぎゆかむ不尽《ふじ》の高嶺は

田子の浦ゆうち出でて　みれば真白にぞ

不尽の高嶺に雪は降りける」

このなかですでに雪とか富士山というような自然が「神さびて高くたふとき」ものとして

詠われております。ここには畏れはありますが、決して恐怖はなく、まして嫌悪感などはまったくありません。

川端康成がストックホルムでおこなったノーベル文学賞講演の題は、「美しい日本の私」というのでしたけれども、あのなかで川端さんは日本人は自然に対する態度を強調しておられました。良寛の歌を引用している部分などは、特に印象に強く残っています。

その歌というのは、

形見とてなにかのこさん春は花
　山ほととぎす秋はもみぢ葉

という歌です。これについて川端さんは、次のような意味だといっておられます。

「自分は形見にのこすものはなにも持たぬし、なにも残せるとは思はぬが、自分の死後も自然はなほ美しい、これがただ自分がこの世にのこす形見になってくれるだろう」

この「美しい日本の私」という記念講演については、その当時私も新聞に感想を書きましたが、一種の反歴史主義、歴史否定という川端さんの立場がはっきりとうち出されていたように思います。歴史というものは存在しない。存在するのは自然だけだということです。自分が死んでしまえば自然がのこる。これが自分のこの世にのこす形見だというのです。

もしこれが西洋人で歴史というものを信じているか、あるいは歴史に参画しなければならないと思っている人であれば、この世にのこす形見以外にはないというでしょう。歴史とはなにかといえば、人間が対立している世界に対して作為を加え、それを変えた痕跡の集積ということができるにちがいない。だとすれば、そういう歴史を信じている人がこの世に形見をのこすものは歴史でなければならない歴史に自分の爪跡をつけてみたい、それが自分の形見だと革命家はいうかも知れないし、革命家でなくても、歴史を信じている人はそういうでしょう。

しかし、良寛はそういうものは信じない。自分は不変の自然だけを形見に残して自然のなかに消えて行く。そう歌ったのだと、「美しい日本の私」の川端さんはいわれた。

このように美的に様式化された自然のイメージのみによって、日本人の自然観を語ろうという川端さんの姿勢に対する反発も、ずいぶんあったように思われます。当時新聞の投書欄などでも、若い女子学生が「美しい日本の私」はたしかに美しいかも知れないけれども、それは昔のことで、現在の日本はコンクリートの林の中をハイウェイや地下鉄がぬっているような状態になっている、そのなかに渦巻いている社会的矛盾に触れないのは逃避的な態度だ、というような批判をしていたことがありました。これはかつて坂口安吾が、『日本文化私観』で、隅田川のコンクリートの倉庫のほうが花鳥風月より美しいといったのと同工異曲の発言で、ある意味では当然でて来ても不思議のない批判ですけれども、私はやはりどちらかというと表面的な反発のように感じます。

やはり川端さんは、かなり本質的なことをいおうとされたのではないかと思う。ノーベル賞受賞の記念講演という場を借りて、歴史主義的西欧に対してかなり挑戦的なことをいおうとされたのではないでしょうか。私どもの自然観が現在混乱しているからといって、川端さんが提起されようとした問題の深さを見誤ってはならないと思います。(「コレクション」4、四三―四九頁)

6　自然の中の故郷

ところで自然といえば、私ども日本人は、自然のなかに故郷を求めようとする深い心情をもっているように思います。そんなのは時代遅れだという人ももちろんいるでしょう。モンドリアンの彫刻のように無機的な世界こそ美しいという人もいます。しかし、それにもかかわらず、われわれの多くの者は故郷のイメージを自然のなかに見る傾向がある。これは別段だれそれの故郷は青森県だとか、鹿児島県だとかというような意味にとどまるものではありません。故郷というものをもう少しメタフィジカルに考えてみるなら、われわれの意識の底にひそむもの、意識の統率を離れ、それを超えながらなおその下に潜んでいるもの、それが故郷のイメージとして結実することが多い。

これは誰でも知っている有名な詩ですが、室生犀星の初期の傑作ですが、ちょっと引用してみましょう。

ふるさとは遠きにありて思ふもの
そして悲しくうたふもの
よしや
うらぶれて異土の乞食《かたゐ》となるとても
帰るところにあるまじや
ひとり都のゆふぐれに

ふるさとおもひ涙ぐむ
そのこころもて
遠きみやこにかへらばや
遠きみやこにかへらばや

この詩の、「ふるさとは遠きにありて思ふもの」という有名な一句は、故郷というもののメタフィジカルな構造をうがち入った名句です。意識から遠くはなれたどこかにある故郷を思うという心は、おそらく自己の本然をたずねる心に通じます。ロマン主義や象徴主義の時代と同じように、規範となる世界像からはみだしてしまうもの、なんだか正体のわからない余りがひろがりはじめたという意識が人間の内面をおびやかしはじめると、人は突然どこか遠くにある故郷を求めはじめる。

たとえばゴーギャンにとっては、南太平洋のタヒチがふるさとでした。彼はタヒチ島を機械文明に侵蝕されていない楽園であるかのように描きましたが、ほんとうに彼がタヒチで故郷に戻ったような陶然とした感情にひたり得たかどうか実証できない。ただ明らかなことは、ゴーギャンの絵の根底にあるのが、彼の〝故郷〟に対する渇望だということです。ゴーギャンがタヒチにおける日常生活で〝故郷〟を得たというのではなくて、キャンヴァスのなかにし

かないふるさとを彼が描きつづけたというべきではないかと思います。(同五一頁)

以下ぼくの見解を述べてみよう。

ゴーギャンはタヒチに行く前に妻へあてた手紙の一節で次のように語っている。

太平洋の孤島へ行って、その森の中に身を埋め、芸術と水入らずにたのしく静かに暮らせる日が早く来てほしいものだ。家族からも、このヨーロッパの金銭のための格闘からもはなれて、あそこでなら、タヒチでなら、熱帯のやさしい夜の沈黙の中でまわりの神秘なものたちと親しく睦びあいながら、私の心臓のときめきの柔らかなささやきの音楽に耳を傾けることもできるだろう。ほんとに、とうとう金の煩いをはなれて、私は愛し、歌い、死ぬことができるだろう……(Sanderson, C., *Life of Paul Gauguin*, London, 1936, p.77)

だが、実際にタヒチについたとき彼の期待どおりのものを目撃することができただろうか。芸術家の幻想はつねに裏切られるものなのである。『ノア・ノア』の一節に、

深い悲哀が私の心を襲うてきた。こんなに遠く来ながら、こんなものを、自分の逃げだし

てきたところと同じものを、またここで見出そうとは！　私をタヒチに惹きつけた私の夢は、現実によって残酷に裏切られてしまった。私の愛していたのは昔のタヒチだ。しかし私は、それがすっかり亡びてしまい、この見事な民族が、いかなる点にも古代の輝きを保存していないなどと考へてしまうことはできなかった。といって、はるかに遠い神秘的な過去の跡がまだ残っているとすれば、ただ独り何の手引きも何の根拠もなしに、どうしてそれらを発見すればよいのだろうか？　消えた火を再び掻きおこし、すっかり灰になった中から、もう一度火を燃やすのだ……(Gauguin, P., *Noa Noa*, 前川訳、岩波文庫、一四頁)

灰の中から火を燃やすためには芸術家の想像力を掻きおこさなければならない。ゴーギャンはあえてそれをやってのけた。現実のタヒチは彼の夢をうらぎる。だが彼には現実によってうらぎられたものを想像力によって償うみちが残されている。彼はときには蛮地の荒々しい自然の中で、ときには野生の女テフラの肢態を通じて、原始の美、生命的な自然を夢想する。母なる大地の中に溶けこんでいくことによって、腐敗した文明と戦って、ついに勝利を占めたと叫ぶ。だが、これはすべて文明のやり方なのだ。文明人の中でも実生活を捨てることの許された人、つまり特権的状態におかれた芸術家の頭にうかんだ幻想だったのである。それにしても彼の時代のタヒチは芸術家の幻想を許すだけのものをもっていた。それから百年たった今日では、地球の隅々にまで文明化の波がうちよせ、自然はことごとく人工化されてしまった。

《ふるさとは遠きにありて思ふもの》

その「ふるさと」が消失してしまったのである。母なる大地に帰りつきたいと思っても、それがどこにも見当らず、文明人はすべて、Heimatlose（故郷喪失者）になってしまったのである。

ここで江藤の意見にもどる。

自然の根源にふるさとのやすらぎを求めようとする心は、日本人には昔から親しみ深いものでした。中国人も『老子』などを見ると、その伝統のひとつの流れにこれに通じるものを持っているようです。

『老子』の第六章に、次のような言葉があります。

谷神《こくしん》は死せず、是《こ》れを玄牝《げんぴん》と謂う。玄牝の門是《こ》れを天地の根《こん》という。綿々として存するが如し。これを用うれども尽《つ》きず

『老子』は非常に詩的な、暗示的ないいかたでしか表現されていないので、わかりにくいので

すけれども、谷神《こくしん》というのは谷間にある根源的な神さまのことでしょう。またの名を「玄牡《げんぴん》」というのですから、これは根源的な母性、つまり原母性(archmother)だと考えられます。天地の「根」には原母性というべきものがあって、それはつねに水が渾々《こんこん》と湧き出て溢れるように存在し、いくらつかっても尽きることがない。それこそ自然の根源である、という意味だろうと思います。これが老子の洞察した自然の本性だったのです。

『老子』二十五章には、また次のように書かれています。

物有り混成し、天地に先立って生ず。寂兮《せきけい》たり寥兮《りょうけい》たり。独り立って改《かわ》らず、周行して而も殆《つか》れず、以て天下の母たるべし。吾其の名を知らず、之に字して道と曰う。……人は地にのっとり、天は道にのっとり、道は自然にのっとる。(「コレクション」4、五三頁)

7 一切の始源であるような故郷

この『老子』にいわゆる「自然」はギリシア人のいうピュシスという概念とは少しちがうように思われます。つまり、意識からはみだしてしまうもの、規範におさまりきらぬもの、なんだかわけのわからぬ気持の悪いもの、というようなものではどうもないらしい。

この「自然」は、われわれが日本語で日常用いている「自然」とよく似ています。「自然のなり行きにまかせておけばよい」などというときの、あの「自然」です。つまり、なにも外側からの作為を加えられずに、そのままにあるもの。そういうものとしての「自然」を『老子』は説いているのだと思われます。

「物有り混成し……」というのはなにかというと、天地の分れる前の世界を指している。それは「寂兮《せきけい》たり寥兮《りょうけい》たり」、つまり言葉のない世界である。しかしそこに万物の根源があり、それは「独り立って改ら」ないものである。それはまた宇宙を経めぐっても少しも「殆《つか》れ」ないものである。これは名ずけることのできないものであるが、「天下の母」のごときもの、すなわち人間の根源的な故郷であって、かりに道といっておいてもよい。そして道の規範はというと「自然」だというのです。ここで『老子』は一転して「天」から「自然」にもどってくる。それがわれわれの根源的な故郷だというのが、『老子』の思想だと思われます。

この「自然」は、様式化された優美な自然とはかぎらず、また私どもがつい一昨日見たような東京を真白に埋めた雪のような自然とも限らない。醜い自然も、グロテスクな自然もすべて包含したものです。美しいものの背後にも、醜いものの背後にもひとしくこの〝自然〟が隠されていて、それはギリシア人のいわゆるアルケー、一切の始源であるような故郷にほかな

らない。(同五五頁)

西洋の自然は、意識に対置された自然で、二元分離を当然の前提とした自然である。江藤さんのいう美しいものの背後にも、醜いものの背後にもひとしく隠されている一切の始源としての自然は、ぼくの言葉でいえば、「天地有情」としての自然にほかならない。

ある山岳風景、あるいは街頭風景の中にあるとき、見る私と見られる対象世界の二者への二極分解がおきることはだれでも理解できる。見る私の意識はどこまでも拡がっていって対象世界全体を自分の内に包みこもうとする。その意識が私秘性をもつかぎり、他者はそこにはいり込む余地はない。他者の意識経験の中にも、私ははいり込めない。モナドは窓をもたないということになる。私と他者が相互に通じあう世界を共有するためには共同主観性というものを立てざるをえない。超越論的意識あるいは純粋意識の立場にたつ以上はそれ以外に解決のいとぐちをみつけだせないかのように思える。ところが、私の意識が知覚的相をもっと同時に、情感的相をもつことを顧慮しさえすれば、すべてのアポリアは消失する。なぜなら、情感性はもともと、根源的に共同的なものであるからである。

あふみのみ　夕なみちどりながなけば
　心もしぬにいにしへおもほゆ

これは琵琶湖を詠んだ柿本人麻呂の歌であるが、湖の自然が「心もしぬにいにしへおまほゆ」という深い情感に包まれていることが伝わってくる。萩原朔太郎に『静物』という題の詩がある。

静物のこころは怒り
そのうはべは哀しむ
この器の白き瞳《め》にうつる
窓ぎはのみどりはつめたし。

科学者の目でみれば、これは詩人だけの心にある幻想だと思うことだろう。しかし、美しい陶器であればだれの心にも何らかの情意の影を投げかける。静物も深い情感性に包まれてあるものであることにかわりない。三好達治に『浅春偶語』という詩がある。

悲哀と歎きで　われらは己にいっぱいだ

それは船を沈ませる　このうへ積荷を重くするな

われら妙な時代に生きて
妙な風に暮したものだ

さうして　われらの生涯も　おひおひ日暮に近づいた友よ　われら二十年も詩を書いて

われらながく貧しい詩を書きつづけた

孤独や失意や貧乏や日々に消え去る空想や
ああながく　われら二十年もそれをうたった

われらは辛抱づよかった
さうしてわれらも年をとった

われらの後に今は何が残されたか

問うをやめよ　今はまだ背後を顧る時ではない

『物象詩集』の著者丸山薫《かおる》君はわが二十余年来の詩友なり、この日新著を贈られてこれを繙《ひもと》くに感慨はたもだす能《あた》わず、乃《すなわ》ち

友よ　われら二十年も詩を書いて
己《すで》にわれらの生涯も　こんなに年をとってしまった
友よ　詩のさかえぬ国にあって
詩のなげきで年をとった　ではまた
気をつけたまへ　友よ　近ごろは酒もわるい！

三好の詩による返事を読めば丸山の心は深くこれを理解し、かつ、感応するにちがいない。二人のあいだには、深い共同情感性のあることがだれの心にも身にしみて感じられるにちがい

ない。

《天地の分れし時ゆ　神さびて》に始まる長歌と反歌は、根源的な意味で天地有情ということを感じさせる。すぐれた文学作品において、自分と天地が一体となる深い情感性がにじみでてくるのは当然のことで、それだからこそ、「一切の始源であるような故郷」ということがいえるのではあるまいか。近代人も深層意識の内においては、人間がそこにおいて深く安らぎ生きてきた故郷をひたすら求めているにちがいないのである。

Ⅳ 『豊饒の海』

1 春の雪

三島の死後二十年たったとき、秋山駿は「死後二〇年・私的回想」という文章の中で、

死後に成長する作家という言い方がある。埴谷雄高がドストエフスキーについてそう言っていた。（中略）

三島由紀夫がまさしくそういう作家であった、と私は思う。こういう作家は第一に個性という以上のもの、天稟がなければならぬ。第二に時代と激しく交錯しなければならぬ。彼は第一の資格を有し、第二の役割を見事に果たした。したがって彼の死後には、文学にも、いや広く日本の精神の領域にも、彼一身の分量の穴がポッカリ開いてしまった。その穴を誰も埋

めることができない。こういう作家は日本には稀である。

彼の存在は、その死後、いよいよ多数の者によって呼び戻されている。（『群像日本の作家18三島由紀夫』平2）

この情況は死後三十年の今日においても少しもかわるところがない。その不在は、多数の精神を刺激しつづけている。

『仮面の告白』（昭和24）、『禁色』（昭和26）、『潮騒』（昭和29）、『金閣寺』（昭和31）、『鏡子の家』（昭和34）、『宴のあと』（昭和35）、『憂国』（昭和36）、『午後の曳航』（昭和38）、『絹と明察』（昭和39）、『春の雪』（昭和40）にはじまる『豊饒の海』四部作、これらは三島の死以後に生まれた人たちも文庫版で読んでいる。

ぼくはとりわけ三島の戯曲が好きで、日本で上演されたものはほとんど見た。それらの中でもとりわけ好きなのは『わが友ヒットラー』（昭和43）と『サド侯爵夫人』（昭和40）、そして『近代能楽集』である。

『春の雪』は「浜松中納言物語を典拠とする夢と転生《てんしょう》の物語」を樹立しようとしたものである。「夢と人生」（『日本古典文学大系　篁物語・平中納言物語・浜松中納言物語』「月報」岩波書店、昭和39）というエッセイの中では三島は次のように語っている。

『浜松中納言物語』は正にそのやうな作品で、もし夢が現実に先行するものならば、転生のほうが自然である、と云った考え方で貫ぬかれてゐる。それほど作者の目には、現実が希薄に見えてゐたにちがいない。そして現実が希薄に見えだすといふ体験は、いはば実存的な体験であって、われわれが一見荒唐無稽なこの物語に共感を抱くとすれば、正に、われわれも亦、確固不動の現実に自足することのできない時代に生きてゐることを、自ら発見してゐるのである。

三島は幼年期の夢想の時代から抜け出し、戦後世界に確固とした生活の地盤を発見しようとしたのだが、どこにも確固不動の現実を見出すことができなかった。現実はつねに彼を拒みつづけ、彼は贋物《にせもの》の世界しか手にすることができなかった。こうまで扱いにくい世界に対する憎悪の念がやがて抑えがたく彼の内部に萌してくる。

『春の雪』の冒頭の「得利寺附近の戦死者の弔辞」と題する一本の白木を中心として兵隊たちが構図としてならぶセピア色の写真の陰鬱さは不思議なナマナマしさで読者の心に迫ってくる。佐伯彰一はここに「わが国の近代史、現代史は、死者の視点からこそとらえ直さるべきだという主張がこめられていると受けとってよく、死者の眼のもとにすえ直すことで、現代的な常識の転換、顚倒《てんとう》が目ざされている」と書いている（『春の雪』新潮文庫、昭52、解説）。

三島の『「豊饒の海」ノート』を見ると、

第一部　明治末年の西郷家と皇族の妃殿下候補との恋愛。（明治末年→大正末年）二十歳。

松枝清顕《まつがえきよあき》の家は旧山手通にあった西郷従道の純西洋風の宏壮な邸宅をモデルにしている。

「少女と愛し合へど意志薄弱。

つひに少女やきもきして宮家と許婚。

このときはじめて通じ合ひ、妊娠し、大問題。

少女会ひにゆき病死。

その障害はすべて意志薄弱と父や兄の好色と不羈奔放に由来し、父が母を悩まし、妾の家に入りびたりなるに由來す。文明開化のくさみ。
○転生の宿願。（この世はうたかたといふ感覚）
◎障害の設定　①主人公の意志薄弱②（二人の双生児的で曖昧な関係）
△男が尼寺へゆけど女の心の中に城壁すでにあり崩れず。

橋本治は「明治を舞台にして成功した恋愛小説」であればこそ『春の雪』を読みたいと思った

のである」と書いている(『「三島由紀夫」とはなにものだったのか』平14、七〇頁)。

これがもし恋心であって、これほどの粘りと持続があったら、どんなに若者らしかったらう。彼の場合はさうではなかった。美しい花よりも、むしろ棘だらけの暗い花の種子《たね》のはうへ、彼が好んでとびつくのを知ってゐて、聡子はその種子を蒔いたのかもしれない。清顕はもはや、その種子に水をやり、芽生えさせ、つひには自分の内部いっぱいにそれが繁茂するのを待つほかに、すべての関心を失ってしまった。わき目もふらずに不安を育てた。(『春の雪』全集13より。以下本章Ⅳの『豊饒の海』よりの引用はすべて全集13・14より。引用頁の記載略)

『春の雪』を読む二十二歳の私はほとんど女である。私の態度は、「恋愛小説だと思って読んでるのに、どうして恋愛にならないのよ。さっさと恋愛すればいいのに、ほんとに焦れったいわね!」と怒っている女のそれと同じである。(橋本、前掲書、七三頁)

しかし、それこそが古典的なロマンの作者と常套《とう》手段であったのである。ヨーロッパの恋愛小説はほとんどつねに同一の主題を追求してきた。死にいたらねばやまぬ、実りなき恋。暗き情熱におし流された男は死という終局をめがけて、ひた走りに走るのである。十二世紀中世の

『トリスタンとイゾルデ』がその原型であった。異教においては愛とはおのれの呪われた肉体的存在を滅却し、一者のうちに合一することを求めた。トリスタンはイゾルデその人ではなく、恋の障害と、それにともなう激しい苦悩を愛していたのである（拙著『愛の思想史』東信堂、平4、第三章を参照されたい）。

三島は恋愛小説の達人であったから、障害を次々と設定し、読者の心をじらしてじらしぬくのである。

二歳年長の聰子は精神的につねに優位の立場にたっていたから、清顯の幼なさをからかう。縁談がもちこまれると、はじめから断わる気でいるのに、

「私が急にゐなくなってしまったら、清様、どうなさる？」

おどかすようにきき、清顯の表情が不安に曇るのを見てよろこぶのである。

清顯は聰子に復讐するための手紙を書く。

「実に不快な心境にゐた小生は（間接的にあなたのおかげで）、人生の一つの閾《しきゐ》を踏み越えてしまひました。たまたま父の誘ひに乗って、折花攀柳《せっくわはんりゅう》の巷に遊び、男が誰しも通らなくてはならぬ道を通りました。ありていに言へば、父がすすめてくれた芸者と一夜を過したのです。（中略）小生は今、あなたをも、はっきり、One of them としか考へてゐないことを申し上げてお

きます。あなたが子供のときから知ってゐた、あの大人《おとな》しい、清純な、扱ひやすい、玩具にしやすい、可愛らしい『清様』は、もう永久に死んでしまったものとお考へ下さい。……」

清顕はこの手紙を出してから思いなおして聡子に電話をかけ「手紙が着いても、絶対に開封しないで下さい。すぐ火中すると約束して下さい」とたのむ。

「なんのことかわかりませんけど……」

「だから、何も言わずに約束して下さい。僕の手紙が届いたら、絶対に開封せずに、すぐ火中すると」

「はい」

「約束してくれますね」

「いたします」

聡子は正月の親族会の席で清顕の父に、清顕を花柳街につれて行ったというはなしは本当ですかとたずねた。誘ったことは事実だが「一言のもとに」はねつけられたと父親は正直にこたへた。彼女は読まないと約束した手紙を開封して懊悩してゐたが、父親のこの回答で一気に幸福感に酔ふことができた。

膝掛の下で握ってゐた聰子の指に、こころもち、かすかな力が加わった。それを合図と感じたら、又清顯は傷つけられるにちがひないが、その軽い力に誘われて、清顯は自然に唇を、聰子の唇の上へ載せることができた。

俥《くるま》の動揺が、次の瞬間に、合はさったくちびるを引き離さうとした。そこで自然に、彼の唇は接した唇のところを要《かなめ》にして、すべての動揺に抗らはうといふ身構へになった。接した唇の要《かなめ》のまはりに、非常に大きな、匂ひやかな、見えない扇が徐々にひらかれるのを清顯は感じた。

そのとき清顯はたしかに忘我を知ったがさりとて自分の美しさを忘れてゐたわけではない。自分の美しさと聰子の美しさが、公平に等しなみに眺められる地点からは、きっとこのとき、お互いの美が水銀のやうに融け合ふのが見られたにちがいない。

なんてへんな文章だろうと、これを読んだ私（橋本）は思った。

「これが雪の人力車の中で初めて唇を交わす二人の描写なのか」と、私は思った。外は降りしきる春の雪＝明治の雪である。年若い男女は人力車の中——そんな「情緒纏綿」としか言いようのない設定で語られるものが、どうして解剖学のテキストのような、「接吻という事実を詳細に解説する文章」なのか？《非常に大きな、匂ひやかな、見えない扇》はいいが、そんな表現を持ち出すのなら、その前をもうちょっとうっとりさせるような文章にすればいいのに、と二十二歳の私は思った。（橋本、前掲書、七五頁）

これが世代の相違というものだろうか。ぼくにはこれが実に美しい情景描写であると思える。降りしきる春の雪をものともせず駆けぬけていく人力車の中での接吻シーンとしてこれ以上のものを期待することはできない。二十二歳の橋本治君には解剖学のテキストとしか見えないものが、ぼくにはこれこそ情緒纏綿たる情感性において迫ってくるのであるからいたし方ない。

清顕の中の不安がのこりなく拭はれて、はっきりとした幸福の所在が確かめられると、接吻はますますきつい決断の調子に変って行った。

十九歳になったばかりのプライドの強い男が初めてのキスに緊張している。しかしその相手は、自分を受け容れてくれる女なのだから、その緊張はすぐ溶ける。溶けると共に、恋の至

福が訪れる。それは分るが、そこに〈決断の調子〉がなぜ登場するのか。（橋本、前掲書、七六頁）

清顯は幼い頃綾倉《あやくら》家にあずけられて、聰子とまるで姉弟のように育てられた。二歳年長の聰子は美しい清顯をたえずからかうことによって親しみを深めていった。二人が恋仲になるためには、上・下の関係を逆転させねばならなかった。そこで清顯は男性優位の立場に立つために「決断」が必要だったのである。「なんだってこんなに言い訳が多いんだろう」と橋本治君が言う気持がわからないわけではないが、年下ゆえの自信のなさ、たえざる不安をふきとばし、飛躍していくためにはどうしても「決断」が必要だったのである。その「決断」があればこそ、「唇の融和」を高めることができたのである。

聰子は涙を流してゐた。清顯の頬にまで、それが伝はったことでそれと知られた。清顯は矜りを感じた。その矜りには、かつての人に施すやうな恩恵的満足はみぢんもなく、聰子のすべてにも、あの批評的な年上らしい調子はなくなってゐた。清顯は自分の指さきが触れる彼女の耳朶や、胸もとや、ひとつひとつ新たに触れる柔らかさに感動した。ともすれば飛び去ろうとする靄のやうな官能を形あるものに託してつなぎとめること。そして彼は今や、自分の喜びしか考えてゐなかった。それが彼のできる最上の自己放棄だった。

洞院宮の第三王子治典王はまだ独身でおられる。そのことを知っていた松枝侯爵は花見の宴に聰子を呼び、洞院宮と妃殿下にさりげなく彼女をお引合せしようとした。「広間で侯爵は当日の客を両殿下にお引合わせしたが、そのうち殿下がはじめて御覧になる顔は聰子一人であった。」

「こんな別嬪のお姫《ひい》さんを私の目から隠してゐたとはね」

と殿下は綾倉伯爵に苦情を仰言った。そばにゐた清顕は、この瞬間、何かわからぬ軽い戦慄が背筋を走るのを感じた。(中略)

清顕と聰子が二人きりになる機会が得られたのは、花見踊の余興がはてたのち、やがてくる薄暮と共に客が洋館へ導入されるそのわずかの間であった。庭園の一隅で清顕は聰子を抱きよせて接吻した。彼の胸から顔を離した聰子は、涙を拭はうともせず、打ってかはった鋭い目つきで、些《いささ》かのやさしさもなしに、たてつづけにかう言った。

「子供よ！ 子供よ！ 清様は。何一つおわかりにならない。何一つわかろうとなさらない。私がもっと遠慮なしに、何もかも教へてあげてゐればよかったのだわ。御自分を大層なものに思っていらしても、清様はまだただの赤ちゃんですよ。本当に私が、もっといたはって、教へてあげてゐればよかった。でも、もう遅いわ。……」

　言ひをはると、聰子は身をひるがえして幕の彼方へのがれ、あとには心を傷つけられた若者がひとりで残された。

　聰子によって徹底的に侮辱されたと思いこんだ清顯は、この日をさかいに彼女との音信を断つ。宮家と聰子とのあいだの縁談は松枝侯爵が準備した膳立てどおりに進行し、聰子からは毎日清顯に電話がかかってきた。電話口に清顯が頑なに出ないでいると、侍女の蓼科が来た。蓼科との面会も、彼は拒否した。聰子からの分厚い手紙は、封も切らないで焼き棄てた。洞院宮家から聰子との結婚についての御内意伺いが大正二年五月十二日に宮内大臣に提出される。折返し御内意伺済の通知がとどく。あとは正式に勅許を奏請するばかりとなった。ついに勅許がおりた。今までの静かな明晰の鏡は粉々に砕け、心は熱風に吹き乱れた。

　何が清顯に歓喜をもたらしたかといへば、それは不可能といふ観念だった。絶対の不可能。聰子と自分との間の絲は琴の絲が鋭い刃物で断たれたやうに、この勅許といふきらめく刃で、断弦の迸る叫びと共に切られてしまった。彼が少年時代から久しい間、優柔不断のくりかえしのうちにひそかに待ち望んでゐた事態はこれだったのだ。

「僕は聰子に恋してゐる」 いかなる見地からしても寸分も疑はしいところのないこんな感情を、彼が持ったのは生れてはじめてだった。「優雅といふものは禁を犯すものだ。それも至高の禁を」と彼は考へた。

磯田光一の言うように、「ここにいふ〝優雅〟とは世にいふエレガントといふことではない。それは〝みやび〟の理念に奥深くかくされたもの、つまり情念の純化のためには世俗の価値観をすべて捨てるというダンディズムに近い感情である。それはいふなれば〝遊び〟をこそ誠実に生きること、そしてそのためにはいかなる破滅も死も辞さないといふ、異様なまでのストイシズムに通じている。このとき〝勅許〟によって公認された婚約に挑むことこそ、情熱そのものへの誠実、いわば〝優雅〟に徹するということである。」(『新潮』昭46・2)

ちょうど都合よく有栖川の宮の國葬のために、洞院宮家《とういんのみやけ》の納采の儀は延期になる。

本多は友のために、女を連れて来て連れ戻す約束をする。級友の豪商の息子から自分の情事のためと称して一九一二年型の最新のフォードを借り、他人の女のために深夜のドライヴをする。

誰も見てゐない筈なのに、海に千々《ちぢ》に乱れる月影は百万の目のやうだった。聡子は空にかかる雲を眺め、その雲の端に懸って危ふくまたたいてゐる星を眺めた。清顯の小さな固い乳首が、自分の乳首に触れて、なぶり合って、つひには自分の乳首を、乳房の豊溢の中へ押しつぶすのを聡子は感じてゐた。それには唇の触れ合ひよりももっと愛《いと》しい、何か自分が養っている小動物の戯れの触れ合ひのやうな、意識の一歩退《ひとあししりぞ》いた甘さがあった。肉体の外《はづ》れ、肉体の端《はな》で起ってゐるその思ひもかけない親交の感覚は、目を閉じてゐる聡子に、雲の外れかかってゐる星のきらめきを思ひ出させた。そこからあの深い海のような喜びまでは、もう一《いち》路《ろ》だった。かれらを取り囲むもののすべて、その月の空、その海のきらめき、その砂の上を渡る風、かなたの松林のざわめき、……すべてが滅亡を約束してゐた。

何という抱擁的な「否」！ かれらにはその否が夜そのものなのか、それとも近づいてくる夜明けの光なのか、弁《わきま》へがつかなかった。ただそれは自分たちのすぐ近くまで犇《ひし》めいてゐて、まだ自分たちを犯しはじめてはゐなかった。

『春の雪』はこれまで三島が書いてきた恋愛小説の総結算という気がする。古典的な情熱恋愛の法則の上にしっかりと乗っていて、しかもなお自由自在なのである。絶対の禁忌があって初めて恋は燃えあがる。絶対に許されざるものであるがゆえにこそ恋慕する心がつのり、死にいたるまでやまない情熱を生きる。これが戦後最高のロマンであると同時にロマンの終焉を告知する作品なのである。なぜなら、われわれはもはや絶対の禁忌などというものに出会うことがありえない自由恋愛の時代に生きているのだから。自由ということは恋するものにとって何という不幸であることか。絶対に不可能ということはもはや考えられない。努力すれば何とかなる。逃れることができない障害による悲劇的恋愛というのはもはや成立しないのである。くりかえせばすぐに退屈してしまうセックスの遊戯——今あるのはそれだけなのである。

……いつか時期がまゐります。それもそんなに遠くはないいつか。そのとき、お約束してもよろしいけれど、私は未練を見せないつもりでをります。こんなに生きることの有難さを知った以上、それをいつまでも貪《むさぼ》るつもりはございません。どんな夢にもをはりがあり、永遠なものは何もないのに、それを自分の権利と思ふのは愚かではございませんか。でも、もし永遠があるとすれば今だけなのでございますわ。……

ゲーテの『ファウスト』第二部に、

己は瞬間に向って
「止まれ、お前は実に美しいから」と叫びたい。己の此世に殘す痕は永却に滅びはしない。
(11580)

聰子も清顯もそういう永遠に美しい今という瞬間を生きたのだから悔いはないはずである。

彼女はこの約束を実行した。人工中絶の手術を大阪でひそかにすませたあと、立ち寄った奈良の月修寺で髪をおろしてしまう。「剃髪《おたれ》を上げたらな、もう清顯さんに会へへんが、それでよろしいか」と問われ、
「後悔はいたしません。この世ではもうあの人とは、二度と会ひません」と答える。
彼は一目だけでも聰子に会いたいと思って何度も月修寺に通ったが会うことはかなわなかった。胸の痛みが時折感じられ、次の日の二十五日には、寒気がして熱が出てきた。それでも無理をおして坂道を歩いていった。

「やはり、お目もじは叶ひません。何度お出で遊ばしても同じことでございます。」

夕刻、医者を呼んで診察の結果、肺炎の兆候があるといわれた。本多が電報で呼び出されて帯解の町までやってきた。門跡に会うことはできたがやはり会えないということだった。それからいろいろ尊いお言葉を下さった。

われわれは、眼・耳・鼻・舌・身・意の六識の奥に第七識たる末那識《まなしき》、そのさらに奥に、阿頼耶識があり、「唯識三十頌」に「恒に転ずること暴流のごとし」と書かれてあるように、水の激流するごとく、つねに相続転起して絶へることがない。この識こそは有情の総報の果体なのだ。

唯識説は現在の一刹那だけ諸法(識)は存在して、一刹那をすぎれば滅して無となると考へてゐる。因果同時とは、阿頼耶識と染汚法《ぜんまほふ》が現在の一刹那に同時に存在して、それが互ひに因となり果となるといふことであり、この一刹那をすぎれば双方共に無となるが、次の刹那にはまた阿頼耶識と染汚法とが新たに生じ、それが更互に因となり果となる。存在者(阿頼耶識と染汚法)が刹那毎に滅することによって時間がここに成立してゐる。刹那刹那に断絶し滅することによって、時間といふ連続的なものが成り立ってゐるさまは、点と線との関係にたとへられるであろう。……

東京へかへる汽車のなかで、清顯の苦しげな様子は本多を居たたまれない気持にさせた。寝台車の中で、一旦、つかのまの眠りに落ちたかのごとく見えた清顯は、急に目をみひらひて、本多の手を求めた。

「今、夢を見てゐた。又、会うぜ。きっと会ふ。滝の下で」

帰京して二日のちに、松枝清顯は二十歳で死んだ。

著者自身の註として、豊饒の海といふ題名は三島によれば「月のカラカラな嘘の海を暗示した題名で、しいていえば、宇宙的虚無感と豊かな海のイメージをだぶらせたようなものだ」という。

ということは、輪廻転生という物語がこれから始まるわけであるけれども、それが豊かな海をへめぐる人間の物語のように見えるだけで、つねに醒めた眼の人である三島自身は夢から醒めてみればすべて虚妄、宇宙的な虚無を予告しているロマンで、そこに作者の慄然とするような悪意を感じないわけにはいかない。

この恋愛小説は、ジョルジュ・バタイユの理論である「禁を犯すというところにエロティシズムの最高の妙諦がある」という発想にもとづくものである。澁澤龍彦の「輪廻と輪生のロマン」(『三島由紀夫おぼえがき』昭58、九九頁)によれば、エロティシズムを軸として、明らかな陰画と陽画の関係を形づくっているのが、『春の雪』とそれにつづく『奔馬』であろう。なぜなら、『奔馬』の主人公である勲もまた本人は無意識であるが、常住不断、忠義というサド＝マゾヒスティックなエロティシズムに酔いつつ、ついには禁を犯すテロリズムの絶頂期を体験したいという欲求をしりぞけることができなかったのである。——これを三島氏は「文武両道」と称するらしいが、もっと俗に「エロティシズムの裏表」といってもそこに何のちがいがあるだろうか。つまり、三島氏は政治の力学を、エロティシズムの面から追究しようとしたものと思われるが、その意図は、作者がここでひたすら神道の儀式や剣道や軍隊にかかわる作者のフェティッシュを濫用しているからで、門外漢は、なにか鼻先でぴしゃりと扉を閉められたような、突っ放された印象を受けるにちがいないからなのである。おそらく、この世界に参入するにはまず三島氏と同時に入社式《イニシアシオン》を受けることが必要なのだろう。そして描写の裏に透けて見える三島氏の悲願は、フェティッシュのみの提示によって崇高な悲劇の感覚を互いにコミュニケートしうるような、ある共同体の中にひっそりと身をおくことなのだろう。言葉が不要になるような領域を、言葉によって再現することの矛盾。しかし作者は、あえてこの困難にとりくんだのである。

エロスと精神性の相拮抗する対立のドラマによってのみ恋物語は成立するのである。第一巻はまさに、正統的な古典的情熱恋愛の定型に従って展開する西欧的ロマンの典型であったと思うのである。

『奔馬』において、エロティシズムが顕在化している場面はたった二カ所しかない。しかし、澁澤氏から見れば、この二カ所の場面に作者が配分した比重は、かなり大きいように思われるので、彼流に解説してみよう。一つは獄中の勲が女に変身した夢を見て、思わず射精して目ざめる場面、もう一つは、勲が警察の調室で訊問調書をとられた際、隣の道場から洩れてくる左翼思想犯の拷問の呻き声を耳にして、係官に「私を拷問して下さい！」と叫ぶ場面。

作者はここで右翼のエロティシズムが必然的に拷問愛好、苦痛愛好に到達することを暗示しているのである。三島氏は、ただ昭和七年の警察風景の点景として怖ろしげな拷問の呻き声を描出しただけではないのである。

2 奔馬

三島は「豊饒の海について」（昭44・4）で、「第一巻『春の雪』の中に火薬のやうに装塡されて、各巻に爆けてゆく」と、説明している。

滝の下であのふしぎな発見をしたときから、本多の心は平衡を失って、神社のいろいろなもてなしにも上の空でゐた。再び、この田の面の夕栄えにかがよふ百合のかげから現れた白鉢巻の若者を見て、彼の放心は絶頂に達した。疾走する自動車の砂塵の中に取り残された若者は、顔つきも肌の色もまるでちがってゐるのに、その存在の形そのものが正しく清顕その人だった。

しかも神秘は、それ自体の合理性をそなへてゐた。清顕が十八年前、「又会うぜ、きっと会ふ。滝の下で」と言ったとほり、本多は正しく滝の下で、清顕と同じ個所に三つの黒子の目じるしを持った若者に会った。それにつけても思はれるのは、清顕の死後、月修寺門跡の教へに従って読んださまざまの仏書のうちから四有輪転について述べられた件《くだ》りを思ひ起すと、今年満で十八歳の飯沼少年は、清顕の死から数へて転生の年齢にぴったり合ふことである。

すなわち四有輪転の四有とは、中有、生有、本有、死有の四つをさし、これで有情の輪廻転生の一期が画されるわけであるが、二つの生の間にしばらくとどまる果報があって、これを中有《ちゅうゆう》といひ、中有の期間は短くて七日間、長くて七七日間で次の生に託胎するとして、飯沼少年の誕生日は不詳ながら、大正三年早春の清顕の死の日から、七日後乃至七七日後に生れたといふことはありうることだ。

仏説によれば、中有はただの霊的存在ではなく、五蘊《ごうん》の肉体を具へてゐて、五、六歳ぐらゐの幼な児の姿をしてゐる。中有はすこぶるすばしこく、目も耳もはなはだ聰《さと》く、どんな遠い、物音もきき、どんな障壁も透かし見て、行きたいところへは即座に赴くことができる。人や畜類の目には見えないが、ごく浄らかな天眼通を得た者の目だけには、空中をさまよふこれらの童児の姿が映ることがある。

童児は、かうして空中をさすらひながら、未来の父母となるべき男女が相交はる姿を見て倒心を起す。中有の有情が男性であれば、母となるべき女のしどけない姿に心を惹かれ、父となるべき男の姿に憤りながら、そのとき父の洩らした不浄が母胎に入るや否や、それを自分のもののやうに思ひこんで喜びにかられ、中有たることをやめて、母胎に託生するのである。その託生する刹那、それが生有である。……

本多は今さらながら、清顕が彼の若い日へ残して行ったあの生の鋭い羽搏《はばた》きを思はずにはゐられなかった。本多は一度も他人の人生を生きるつもりはなかったのに、清顕の迅速な美しい生は本多の生の樹の重要な数年間に、淡い藤色の花を咲かせる寄生蘭のやうに根を下ろし、そこで清顕の生は本多の生の意味を代表し、本多が咲かせる筈のない花を成就したのだった。又そんなことが起ろうとしてゐるのであろうか！

群がるなぞに惑ひながらも、本多の心には、しみ出す地下水のやうな歓びが生じた。清顯はよみがへった！

飯沼少年には、清顯の美しさが欠けてゐる代りに、清顯に欠けてゐた雄々しさがあった。わずかな觀察ではわからないが、清顯の傲慢の代りに、清顯の持たなかった素朴と剛毅があった。この二人は光りと影のやうにちがってゐたが、相補ってゐる特性が、それぞれを若さの化身としてゐる点では等しかった。（『奔馬』全集13より。以下同じ）

鬼頭謙輔《きとうけんすけ》は退役陸軍中将だったが歌人として知られてゐた。その評判高い「碧落集」といふ歌集には本多も目をとほしたことがある。

「大阪控訴院判事の本多繁邦氏であります」と飯沼は中将に引合はせた。

「お作はかねがね『碧落集』など拝してをります」

「汗顔のいたりですな」（中略）

本多がちらとそのはうを見たので中将が、

「娘の槙子《まき》です」

と紹介して、槙子は丁寧に頭を下げた。

飯沼勲《いいぬまいさお》の父母は松枝清顕の家の書生だった飯沼茂之と、女中のみねで、父飯沼侯爵のはからいで松枝家を去って、結婚することができたのであった。

第一巻『春の雪』では純情な若者であった飯沼が、第二巻『奔馬』では財界から抜け目なく金をもらって大世帯を張る職業右翼として現れ、可憐な少女だったみねは卑屈な中年女になっている。二十年前に清顕と聡子とが密会に使った軍人下宿はなお営業をつづけ、堀という革新派の歩兵中尉がそこに住んでいた。

勲は『神風連史話』を本多に、そして堀中尉、洞院宮治典殿下にと見せ、感動を共にした友人と「われらは神風連の純粋を学び、身を挺して邪鬼姦鬼を攘《ほら》はん」と誓って結束、堀中尉の指導の下に君側の奸を除く計画をたてる。勲は槙子にほのかな恋心を抱いていた。決行の四日前に彼は槙子に別れの挨拶に鬼頭家に行く。

白粉気のない美しい白い顔が涙に照りかがやき、つぶってゐる目が、どんなに強く見るよりも勲を見てゐた。それは非常に深い底から、大きな水泡《みなわ》のやうに目前に今浮び上って来た顔であった。唇は闇の中に短かい吐息をつらねて慄へ、勲はそこにその唇があるといふことに耐へ得なかった。その唇の存在をなくしてしまふには唇を触れるより途《みち》がなかったが、あたかもすでに地に落ちている落葉に次の落葉が散り重なるやうに、生涯の最初で最後の接吻は自然に落ちかかり、勲は槙子の唇にあの梁川《やながわ》の紅い櫻落葉を思ひ出した。唇がひとたび接したときにはじまるなだらかな甘い流通は勲を愕かした。唇の接点で世界が慄へてゐた。その接点から自分の肉がみるみる変質して、たとしへもなく温かく円滑なものに漬けられてゆく思ひは、槙子の唾を嚥んだと感じたときに、一つの頂点に達した。

やうやく唇が離れたとき、二人は抱き合って泣いてゐた。

「一つだけ教へて、いつなさるの。明日？　あさって？」

「十二月三日です」

「あしたにでも桜井へ発って、大神《おおみわ》神社へ行って、狭井《さゐ》神社であなた方の御武運を祈って、参加なさる方々だけのお守りをいただいて、十二月二日のうちにお届けするわ。お守りはいくつ？」

「十一……いや十二人です」

堀中尉は満州に転属になり、それにつれて多くの仲間が脱落する。決起をあきらめず、十二人の仲間が十二月一日、隠れ家で細部の打合せをしていたとき警察に襲われた。槙子はそれを勲の父親に電話で告げ、父親は息子を無謀な暴発から救うために警察に密告していたのである。三日に同志十二人は全員が逮捕され、新聞でそれを知った本多は判事の職を辞して弁護士となり、勲の弁護をみずから買って出る。

翌日の新聞には、

「昭和神風連事件の全貌判明
一人一殺で財界潰滅を狙ふ
首謀者は十九歳の少年」

とあって、勲の顔写真が出た。

市ヶ谷十三舎の独房にいた勲はかういう夢を見た。

その夢はいかにも奇異で、不快なので、追ひ払っても払っても、心の片隅に残ってゐる。それは勲が女に変身した夢である。

一度勲も父が大切にしてゐる白檀の煙入れの蓋をあけて嗅いだことがあるから憶えてゐる、物憂い寂莫《じゃくまく》の、しかし古木の腋臭《わきが》のやうな甘い匂ひがしてゐた。

動の企ては政治的正義感の純情かつ未熟なままの発露としてうけとられて、裁判所に届いた減刑嘆願書は五千通にも及んだ。

裁判が始まり、検事側から申請していた證人、堀陸軍中尉が却下された。

第二回公判が七月十九日にひらかれた。鬼頭槇子が証人として出廷し、本多辯護士が、昭和四年十一月二十九日の槇子の日記を読み上げる。……実行の勇気は衰へてゆく一方なのに、言葉や計画は夢のやうな流血の惨事へ向ひ、お互ひでお互ひの始末がつかなくなってゐる。誰一人弱みは口に出せないから、会合の様子を人が見たら腰を抜かすだろうが、その実みんな実行する気はなくなってゐる。さうかと云って、卑怯者の汚名を着てまで中止を主張する勇気は誰にもない。(中略)自分は指導者の立場だが、自分自身、もうやる気はなくなってゐるのだ。何か引返すよい方法はないものだろうか。今夜は実はその知恵を借りに来たのだ。

……勲は拳を握ってゐた。槇子が偽証した！大胆きわまる偽証をした！もし偽証があらわれれば、偽証罪に問われるのに。

裁判長は勲に向って、

「今の鬼頭証人の証言はまちがひないね」

と訊いた。

「はい、まちがひありません」

飯沼　しかし私の気持はちがふのであります。

　槇子さんにも鬼頭中将にも、前から大へんお世話になってゐましたので、決行を前にして一目だけお別れしたかった気持と、それから決行後、以前から多少志を打明けてきたことですから、万が一にも槇子さんを巻き添えにしてはいけない、と思ひまして、あくまで槇子さんに信じさせるために、嘘をつき通して、むしろ槇子さんを失望させて、それを以て自分の、その愛着を断ち切らうとしたのであります。

裁判長　飯沼被告はだな、あるひは決行といひ、あるいは志といふが、志と決行の間の関連をどう考へてをるか！

飯沼　はい、陽明學の知行合一と申しますか、「知って行はざるはただこれ未《いま》だ知らざるなり」という哲理を実践しようとしたものであります。現下日本の頽廃を知り、日本の未来を閉ざす暗雲を知り、農村の疲弊と貧民階級の苦難を知り、これがことごとく政治の腐敗と、その腐敗をおのれの利としてゐる財閥階級の非国民的性格にあると知り、おそれ多くも上御一人の御仁慈の光を遮る根がここにあると知れば、「知って行ふ」べきことはおのづから明白になると思ひます。

裁判長　それほど抽象的でなくだな、お前がどう感じ、どう決意したか、といふ経過を述べてみよ。

飯沼　はい。私は少年時代は剣道に専念してゐたのでありますが、明治維新のころは剣を以て青年が実際に戦ひ、不正を討ち、維新の大業を成就したのだと思ふと、竹刀による道場剣道といふものに、いひしれぬあきたりなさを感じるようにもなっておりました。しかしそのころは、特に自分がどういふ行動をすべきだ、といふ風には考えが固まっておらなかったのであります。

昭和五年に、ロンドンの軍縮会議がひらかれ、屈辱的な条件を押しつけられ、大日本帝国の安全は危ふくされたと学校でも教はりまして、国防の危機に目ざめたころ、例の浜口首相が佐郷屋氏に狙撃されるといふ事件が起りました。日本をおほふ暗雲は只事ではないと思ひ、それから先生や先輩から時局の話を伺ったり、自分でもいろいろ読書するやうになりました。（中略）

二百万におよぶ失業者の群はそれまで出稼ぎをして仕送りをしてゐたのが、今度は帰村して農村の窮乏をいやましにすることになりました。旅費がなくて歩いて国へかへる人のために、藤沢の遊行寺でお粥の接待をしたところ、大へんな繁昌であったといはれてゐます。しかも、政府はこのやうな深刻な問題もどこ吹く風で、当時の安達内相なども、

「失業手当などやると、遊民惰民を生ずるから、さういう弊害を極力防がうと考へてゐる」とうそぶいてゐたのであります。

翌六年には東北地方や北海道は大凶作に襲はれ、売れるものはみな売り、家も土地もとられて、一家が馬小屋に住み、草の根や団栗《どんぐり》でようやく飢ゑを凌《しの》ぐといふ状態になりました。村役場の前にも、

「娘身売の場合は当相談所へお出下さい」といふ掲示が貼り出され、売られてゆく妹に泣く泣く別れて出征してゆく兵士はめづらしくなくなりました。（中略）

しかし、私は決して左翼運動に加はらうとは思ひませんでした。左翼は畏れ多くも陛下に敵対し奉らうとする思想であります。古来日本は、すめらみことをあがめ奉り、陛下を日本人といふ一大家族の家長に戴いて相和してきた国柄であり、ここにこそ皇国の眞姿があり、天壌無窮の国体があることは申すまでもありません。（中略）

あそこに太陽が輝いてゐます。ここからは見えませんが、身のまはりの澱んだ灰色の光りも、太陽に源してゐることは明らかですから、たしかに天空の一角に太陽は輝いてゐる筈です。その太陽こそ陛下のまことのお姿であり、その光を直《ぢか》に身に浴びれば、民草は歓喜の声をあげ、荒蕪《くわうぶ》の地は忽ち潤うて豊葦原瑞穂国の昔にかへることは必定《ひつじょう》なのです。

けれど、低い雲が地をおほうて、その光を遮ってゐます。天と地はむざんに分け隔てられ、会えば忽ち笑み交はして相擁する筈の天と地とは、お互ひの悲しみの顔さへ相見ることができません。地をおほふ民草の嗟嘆の声も、天の耳に届くことがありません。叫んでも無駄、泣いても無駄、訴へても無駄なのです。もしその声が耳に届けば、天は小指一つ動かすだけでその暗雲を払ひ、荒れた沼地をかがやく田園に変へることができるのです。

誰が天へ告げに行くのか？　誰が使者の大役を身に引受けて、死を以て天へ昇るのか？　それが神風連の志士たちが信じた宇気比《うけひ》であると私は解しました。

天と地は、ただ坐視してゐては、決して結ばれることがない。天と地を結ぶには、何か決然たる純粋の行為が要るのです。その果断な行為のためには、一身の利害を超え、身命を賭さなくてはなりません。身を竜と化して、竜巻を呼ばなければなりません。それによって低迷する暗雲をつんざき、瑠璃色にかがやく天空へ昇らなければなりません。

（中略）

私は人を殺すということは考へませんでした。ただ、日本を毒してゐる凶々《まがまが》しい精神を討ち滅ぼすには、それらの精神が身にまとうてゐる肉体の衣《ころも》を引き裂いてやらなければなりません。さうしてやることによって、かれらの魂も亦浄化され、明《あか》く直《なお》き大和心に還って、私共と一緒に天へ昇るでせう。その代り、私共も、かれらの肉体を破壊したあとで、ただちにいさぎよく腹を切って、死ななければ間に合はない。なぜなら、一刻も早く肉体を捨てなければ、魂の天への火急のお使ひの任務が果せぬからです。

大御心を揣摩《しま》することはすでに不忠です。忠とはただ、命を捨てて、大御心に添はんとすることだと思ひます。暗雲をつんざいて、昇天して、太陽の只中へ、大御心の只中へ入るのです。……以上が、私や同志の心に誓ってゐたことのすべてであります。

裁判長の老いた白い頬が、次第次第に、少年のやうに紅潮してくるのを本多は見た。

昭和八年十二月の御用納めも間近い二十六日に第一審の判決が下った。判決主文は、

「被告人ニ対スル刑ヲ免除スル」といふのである。

祝賀会の夜、酔ひに赤らんだ勲の寝顔は苦しげに荒々しく息づいてゐたが、突然、寝返りを打ちながら、勲が大声で、しかし不明瞭に言う寝言を本多は聴いた。

「ずっと南だ。ずっと暑い。……南の國の薔薇の光りの中で。……」

動は熱海伊豆山稲村の別荘にゐる藏村武介を刺殺し、夜明け前の伊豆の海を前に、深く呼吸をして、左手で腹を撫でると、瞑目して、右手の小刀の刃先をそこへ押しあて、左手の指さきで位置を定め、右腕に力をこめて突っこんだ。
正に力を腹へ突き立てた瞬間、日輪は瞳の裏に赫奕《かくやく》と昇った。

『豊饒の海』第一巻『春の雪』は『新潮』に昭和四十年九月から連載が始まり、四十二年一月に終った。昭和四十年の七月に書き始め、四一年十一月二十五日に脱稿した。第二巻の『奔馬』は『新潮』に昭和四十二年二月から連載が始まり、四三年八月に終っている。この間にいろいろな作品を書いている。昭和四十年八月三十一日に、三島戯曲の最高傑作といわれる『サド侯爵夫人』を脱稿している。原稿は約束どおり一週間で書き上げられた。同年四月に『聖セバスチャンの殉教』を池田弘太郎と共訳で仕上げ、同月に『憂國』を作者主演、監督で映画化し、ツール短編映画祭で惜しくもグラン・プリをのがし次点であった。七月に『三熊野詣』（新潮社）を出し、十一月にアメリカ、ヨーロッパ、東南アジアを取材旅行。第二の『仮面の告白』と作者自身がいう『太陽と鐵』を『批評』に三月から連載をはじめ、四十三年六月に完結。四十一年の十月「荒野より」を群像に発表。林房雄との『対話・日本人論』（番町書房）を出す。四十二年三月に「古近集と新古近集」(ヒロシマ大学『国文学攷』)、同月に「『道義的革命』の論理――磯部一等主計の遺稿について」、七月、『芸術の顔』(番町書房)、九月『葉隠入門』(光文社)、十月「朱雀家の滅亡」四幕(『文芸』)、十一月、伊藤勝彦との対談『対話・思想の発生』(番町書房)、十二月、航空自衛隊百里基地より稲葉二佐操縦の下一〇四超音速戦闘機に文士として初めて試乗。この他にも中間小説をいくつか執筆している。一人の人間が短期間にこれだけ書きつづけることはまさに超人的エネルギーとしかいいようがない。

二巻まで刊行された『豊饒の海』について澁澤達彦氏は「私はこれを戦後文学最高の達成と信じて疑わない」と書いているが、この二巻についてはぼくも同意見である。

いうまでもなく、三島氏の着眼の妙はすばらしいが、いったい、輪廻転生の説とはまことに曖昧模糊とした哲学であって、そこに過去・現在・未来の全体を鳥瞰する超越者、ニルヴァーナの境地に入った解脱者の視点を導入しなければ永遠の歴史はのっぺらぼうの時間的継起と何ら異ならなくなってしまうのだ。……しかし三島氏は神秘主義者ではないので、この輪廻の説を生かすために、法律家本多繁邦という人物を拉してきた。この人物はあくまで小説のなかの副主人公にすぎないけれども、単なる狂言回しというにはあまりにも主人公に密着しすぎており、おそらく小説の最後まで、次々と転生する主人公の一回性の行動を見守っていくところの、認識のひとであり、目のひとでありつづけなければならない役割を振り当てられているのである。

また、逆に、行為する主人公たち――『春の雪』の松枝清顕や『奔馬』の飯沼勲――の側から見れば、彼らは行動家特有のナルシシズムにより、見られていることが絶対に必要なので、この意味からも、本多の役割は不可欠のものとなってくる。本多はすべてを映す認識の鏡であり、行動という危険な領域に惹かれつつ、その一歩手前で踏みとどまる小説家の営為を、いわば象徴的に体現したところの人物であろう。（澁澤『三島由紀夫おぼえがき』昭58、九六頁）

さすが、澁澤龍彦氏の解析は見事としかいいようがない。

三島自身は本多繁邦の視点にたって第一巻から四巻までの転生の物語を眺めているのだが、ときとして主人公の内部にまでのめりこんでいくことがあるような気がしてならない。「優雅といふものは禁を犯すものだ、それも至高の禁を」と主人公（松枝清顕）は考えた。三島由紀夫も『英霊の聲』の中で「などてすめろぎは人間《ひと》となりたまいし」というリフレインが出てくるのは、自分もその気になって至高の禁を犯すことに熱中するから出てくる言葉であるように思える。『奔馬』において飯沼勲がクーデターを企画し、失敗するところを読んでいると、どうしても昭和四十五年十一月二十五日の自衛隊への乱入事件を連想せずにはおれない。昭和三十五年に短篇小説「憂國」を書き、昭和四十年四月に「憂國」を三島の演出、主演で映画化した。さらに、「人斬り」(勝プロダクション制作)で勝新太郎にさそわれて「人斬り新兵衛」の異名をとる薩摩の刺客の役を演じ見事な切腹シーンを見せる。ぼくにはどうも三島は作中の人物になりきってしまうところがあるように思える。『奔馬』において勳が切腹し、「日輪は瞼の裏に赫奕《かくやく》と昇った」というシーンを読むと、実際に行った三島の自決をどうしても連想してしまう。小説を書くことが実生活に何らかの影響を与えているのではないか、とつい考えてしまう。裁判所での勳の演説はたしかに出来すぎで、十九歳の少年が書ける水準をはるかに越えている。ここでも、三島は右翼少年になりきって書いているにちがいない。そして、自分が創作した人物の演説に自分を入れこみすぎているから、そこから影響を受けざるをえない。それが世間に大きな誤解を与えるもとになってしまうのである。

三島由紀夫はけっして右翼思想の持ち主ではなかった。昭和三十五年に『中央公論』の十二月号に深沢七郎の「風流夢譚」が発表され、三島は深沢作品の推薦者という立場で右翼から狙われ、身辺には警護がついた。十月一六日の午後、『小説中央公論』の編集部にいた井出孫六が三島宅を訪ね、「憂国」の原稿を受けとった。未発表の深沢七郎の「風流夢譚」を話題にして、

「社にもどったら、例の深沢さんの新作とこの『憂国』を並べて載せたらどうか、と編集長に

伝えといてください」と三島が言ったという。

三島は皇族惨殺の夢想を描いた「風流夢譚」の毒をそうして減殺することができればと考えていたらしい。

三島は作品の中で右翼イデオロギーを賛美するように書いても、「作品そのものは物であり、オブジェであるのだから肯定も否定もありはしない。それがマイナス6であるかプラス6であるか、そんなことはわからない。けれどそこに存在した数ですね、それだけが問題なのだ」とぼくとの『対話・思想の発生』(昭42、七二頁)で書いている。右翼イデオロギーを口でいかに賛美しても、それを作品の中で全く相対的なものとして扱っているのだから、芸術家はつねに政治的立場から自由でいられるというのである。

三島由紀夫は本質的には西欧的知性の持主で、明晰な論理的言語を駆使して次々に作品を発表してきた。ところが、昭和二九年一〇月に発表された『絹と明察』とともにはじまった日本回帰は、二・二六事件の青年将校たちへの共感を書いた『英霊の聲』(昭41・6)や『道義革命の論理』(昭42・1)によって一挙に民族の心に目覚めた。三島は真に「日本」と共に生きるという願望を『奔馬』の飯沼勲に託したのである。勲は『神風連史話』を枕頭の書とし、「神風連の純粋に学べ」をスローガンとした青年であった。

3　暁の寺

『暁の寺』は二部に分れている。

第一部の時は昭和十六年、本多繁邦は四十七歳である。彼は五井物産の訴訟事件でバンコックに滞在してゐる。

本多はきのうの朝早く、舟を雇って対岸へゆき、暁の寺を訪れたのであった。

それは暁の寺へゆくにはもっとも好もしい正に日の出の刻だった。あたりはまだ仄暗く、塔の尖端だけが光りを享《う》けてゐた。

近づくにつれて、この塔は無数の赤絵青絵の支那皿を隈《くま》なく鏤《ちりば》めてゐるのが知られた。塔の重層感、重復感は息苦しいほどであった。色彩と光輝に充ちた高さが、幾重にも刻まれて、頂きに向って細まるさまは、幾重の夢が頭上からのしかかって来るかのやうである。すこぶる急な階段の蹴込《けこみ》も隙間《すきま》なく花紋が埋まれ、それぞれの層を浮彫の人面鳥が支へてゐる。一層一層が幾重の夢、幾重の期待、幾重の祈りで押し潰《つぶ》されながら、なほ累積して、空へ向って躙《にじ》り寄って成した極彩色の塔。

メナムの対岸から射し初《そ》めた暁の光りを、その百千《ももち》の皿は百千《ももち》の小さい鏡面になって、す

ばやくとらへ、巨大な螺鈿《らでん》細工はかしましく輝き出した。(『曉の寺』全集14より。以下同じ)

本多は芸術家崩れの案内人菱川によって次々にバンコックの風物に接してゆくが、その菱川は次のように言う。

芸術といふのは巨大な夕焼です。一時代のすべての佳いものの燔祭《ばんざい》です。さしも永いあひだつづいた白昼のあの無意味な色彩の濫費によって台無しにされ、永久につづくと思はれた歴史も、突然自分の終末に気付かせられる。美がみんなの前に立ちふさがって、あらゆる人間的營為を徒爾《あだごと》にしてしまふのです。あの夕焼の花やかさ、夕焼雲のきちがひじみた奔逸《ほんいつ》を見ては「よりよき未来」などといふたはごとも忽《たちま》ち色褪《いろあ》せてしまひます。現前するものがすべてであり、空気は色彩の毒に充ちてゐます。(中略)

夕焼の本質などといふものはありはしません。ただそれは戯れだ。あらゆる形態と光と色の椀飯《わうばん》振舞をすることはめったにないのです。夕焼雲はあらゆる左右相稱《シンメトリイ》に對する侮辱ですが、かういふ秩序の破壊は、もっと根本的なものの破壊と結びついてゐるのです。(中略)

夕焼は迅速だ。それは飛翔の性質を持ってゐます。夕焼はともすると、この世界の翼なんですね。花蜜を吸はうとして羽搏《はばた》くあひだだけ虹色に閃めく蜂雀の翼のやうに、世界は飛翔の可能性をちらと垣間見せ、夕焼の下の物象はみな、陶酔と恍惚のうちに飛び交はし、……そして地に落ちて死んでしまひます。

ここには作者三島の終末論が語られているが、やがて語られる唯識論の展開とともに輪廻転生の説そのものが幻想的な説となってしまうことの前触れになっているのである。

仏教は霊魂といふものを認めない。生物に霊魂といふ中心の実体がなければ、無生物にもそれがない。いや、万有のどこにも固有な実体がないことは、あたかも骨のない水母《くらげ》のやうである。

しかし、困ったことが起るのは、死んで一切が無に帰するとすれば、悪業によって悪趣に堕《お》ち、善業によって善趣に昇るのは、一体何者なのであるか？　我がないとすれば、輪廻転生の主体はそもそも何なのであらうか？

これはまことに困ったことである。輪廻転生はある。しかし霊魂はない。だとしたら、なにが輪廻転生をするのか。「輪廻転生をした」と言って、輪廻転生をしたものは一体なんなのか。

輪廻と無我との矛盾、何世紀も解きえなかった矛盾を、つひに解いたものこそ唯識だった。何が生死に輪廻し、あるいは浄土に往生するのか？　一体何が？

われわれはふつう、六感といふ精神作用を以て暮してゐる。すなわち、眼、耳、鼻、舌、身、意の六識である。唯識論はその先に第七識たる末那識《まなしき》といふものを立てるが、それは自我、個人的自我の意識のすべてを含むと考へてよからう。しかるに唯識はここにとどまらない。その先、その奥に、阿頼耶識《あらやしき》といふ究極の識を設想するのである。それは漢訳に「藏」といふごとく、存在世界のあらゆる種子《しゅうじ》を包藏する識である。

生は活動してゐる。阿頼耶識が動いてゐる。この識は総報の果体であり、一切の活動の結果である種子《しゅうじ》（物質・精神あらゆるものを現行させるべき潜勢力）を藏《をさ》めてゐるから、われわれが生きてゐるといふことは、畢竟、阿頼耶識が活動してゐるからである。

つねに滝は目前に見えるが、一瞬一瞬の水は同じではない。水はたえず相続転起して、流動し、繁吹《しぶき》を上げてゐるのである。

無着の説をさらに大成して「唯識三十頌《ゆいしきさんじふじゅ》」をあらわした世親（ヴァスバンドゥ）の、あの、

「恒に転ずること暴流のごとし」

という一句は、二十歳の本多が清顕のために月修寺を訪れたとき、老門跡から伺って、そのときは心もそぞろながら、耳に留めておいた一句であった。

ところで、この阿頼耶識を、それ自体、何らけがれのない、ニュートラルなものと考へるかどうかで、考への筋道がちがってくる。もしそれ自体がニュートラルなものであれば、輪廻転生を惹き起す力は、外力、いわゆる業力《ごふりき》でなければならない。外界に存在するあらゆるもの、あらゆる誘惑は、いや、心の内にもある第一識から第七識までのあらゆる感覚的迷蒙は、その業力を以て、影響を及ぼさずにはゐないからである。

しかるに唯識論は、さういふ業力、業力のもたらす種子である業種子を、間接的原因（助縁）と見なし、阿頼耶識自体に、輪廻転生を惹き起す主体も動力も、二つながら含まれてゐると考へる。（中略）

阿頼耶識はかくて有情総報の果体であり、存在の根本原因なのであった。たとえば人間としての阿頼耶識が現行するといふことは、人間が現に存在するといふことにほかならない。阿頼耶識はかくてこの世界、われわれの住む迷界を顕言させてゐる。すべての認識の根が、すべての認識對象を包括し、かつ顕現させてゐるのだ。その世界は、肉体（五根）と自然界（器世界）と種子《しゅうじ》（物質・精神あらゆるものを現行させるべき潜勢力）とから成ってゐる。われわれが我執にとらはれて考へる実体としての自我も、われわれが死後続くと考へる霊魂も、一切諸法を生ずる阿頼耶識から生じたものであれば、一切は阿頼耶識に帰し、一切は識に帰するのだ。

——かくて、何が輪廻転生の主体であり、何が生死に輪廻するのかは明らかになった。それこそは滔々たる「無我の流れ」であるところの阿頼耶識なのであった。目で見、あるひは手で触れて、そこに一茎の水仙であるとすれば、少くとも現在の一刹那に、水仙の花の存在を確証しつづけることができるのであらうか。

しかし世界は存在しなければならないのだ！

そのためには、世界を産み、存在せしめ、一茎の花を存在せしめ、一瞬一瞬、不断にこれを保証する識がなくてはならない。これこそ阿頼耶識、無明《むみょう》の長夜を存在せしめ、かつ、この無明の長夜にひとり目ざめて、一刹那一刹那、存在と実有を保証しつづける北極星のやうな究極の識である。

世界を存在せしめるために、かくて阿頼耶識は永遠に流れてゐる。

世界はどうあっても存在しなければならないからだ！

しかし、なぜ！

なぜなら、迷界としての世界が存在することによって、はじめて悟りへの機縁が齎らされるからである。

世界が存在しなければならぬ、といふことは、かくて、究極の道徳的要請であったのだ。それが、なぜ世界は存在する必要があるのだ、といふ問に対する阿頼耶識の側からの最後の答である。

「むかし私は、そう、かれこれ二十七、八年も前に、シャムの王子二人が日本に留学に来られたとき、しばらく別懇にしていただいたことがある。一人はラーマ六世の弟君で、パッタナディド殿下といい、もう一人はその従兄弟《いとこ》で、ラーマ四世のお孫さんに当るクリッサダ殿下でした。バンコックへ来たらお目にかかりたいと思っていた」と本多は菱川に言う。

「お二人とも、ラーマ八世殿下が何より頼りにしておられる伯父君で、殿下についてスイスのローザンヌへ行かれてゐる」

「それは残念だ」

「殿下のいちばん末のお姫様で、まだ満七歳になられたばかりの幼ない方が、可哀想に、薔薇宮といふ小宮殿に幽閉同様に押し込められてね」

「どういふわけで」

「自分は実はタイ王宮の姫君ではない、日本人の生れ変りで、自分の本当の故郷は日本だ、と言ひ出されて、誰が何と言はうともその主張を枉《ま》げようとされないからです」

清顕の夢日記を取り出してみると、本多の記憶どおり清顕はシャムの色鮮やかな夢を見ている。

「高い尖《とが》った、宝石をいっぱい鏤《ちりば》めた金の冠を戴《いただ》いて廃園を控えた宮居の立派な椅子に掛けてゐる」

ジャントラパー姫という御名で、何でもパッタディド殿下が、昔死に別れた許婚《いいなずけ》の名を御自分の末娘につけられたという。月光姫という意味である。

「ずっと南だ。ずっと暑い。……南の国の薔薇の光りの中で」と勳はつぶやいた。

菱川の合図で本多がポケットから出した真珠の小筥を姫に渡す。

第一の女官の隙をうかがって、姫は椅子から飛び下りると、一間ほどの幅を跳びこえて本多のズボンの膝にしがみつき、身を慄《ふる》わせて本多にかじりついたまま何か大声で泣きながら叫んでゐる。菱川は甲高い声で訳した。「本多先生！ 本多先生！ 何といふお懐しい！ 私はあんなにお世話になりながら、黙って死んだお詫《わ》びを申上げたいと、足かけ八年といふもの、今日の再会を待ちこがれてきました。こんな姫の姿をしているけれども、実は私は日本人だ。

前世は日本ですごしたから、日本こそ私の故郷だ。どうか本多先生、私を日本へ連れて帰って下さい」

「松枝清顕《まつがえきよあき》が私と、松枝邸の中の島にゐて、月修寺門跡《もんぜき》の御出でを知ったのは何年何月のことかおたづねしたい」

「一九一二年の十月です」

「飯沼勲が逮捕された年月日は？」

「一九三二年の十二月一日です」

すべて正確に当っていた。

「明後日、バンパイン離宮へ遊びにゆくので、本多先生をぜひ御招待したい」といふお誘いを受けて、支那風の離宮、フランス風の小亭、アラブ風の塔などを姫と手をつないで見てまはった。

本多の関はってゐた訴訟事件は思ひどうりに解決し、五井物産がお礼心でインド旅行を手配してくれた。ベナレスは神聖が極まると共に汚穢も極まった町だった。聖と俗とがこれほど混淆して、頽唐美を発揮する場所がまたとあるだろうか。

五井物産では、大切なお客を遇するのに、速さは速く、エンジンも優秀な軍用機にこっそり乗せることに成功した。

迎へに来た妻と会って懐しいと思った。家に帰る車の中で、「明日でも早速、デパートでも行って、タイで会った小さなお姫様に送るお人形を買ってきてもらいたい」と本多は言った。

空襲で廃墟と化した東京を眺めながら、むかしの町と比べての感慨は、本多には少しもなかった。見わたすかぎり、焼け爛《ただ》れたこの末期的な世界は、しかし、それ自体が終りなのではなく、又、はじまりなのでもなかった。それは一瞬一瞬、平然と更新されてゐる世界だった。阿頼耶識《あらやしき》は何ものにも動ぜず、この赤茶けた廃虚を世界として引受け、次の瞬間には又忽《たちま》ち捨て去って、同じやうな、しかし日ごと月ごとにますます破滅の色の深まる世界を受け入れるにちがひない。

戦争中、十分な貯えによって気に入った仕事しか引受けず、もっぱら余暇を充ててきた「輪廻転生の研究」が、このとき本多の心には、正にかうした焼址を顕現させるために企てられたもののやうに思ひなされた。

昭和二十七年の第二部では、本多は「かつて若い日に醜いと眺めた初老の特徴」を、残らずそなえた男としてあらわれる。広大な土地をめぐる係争中の訴訟事件が勝訴となり本多は四億近い成功報酬を受け取った。生れて初めて御殿場に別荘をもち、その別荘びらきに東京から客を招いた。隣人の久松慶子にこの家と五千坪の庭の下検分をして貰っているのである。三十四年前、学習院の寮でシャムの王子ジャオ・ピーが紛失した月光姫《ジン・ジャン》の形見の指環を骨董屋で発見し、あしたのパーティに招《よ》んである二代目の月光姫《ジン・ジャン》の指にはめてあげようというのである。

まだ蕾の沈丁花がテラスを取り囲み、テラスの一角の餌場は、本館と同じ赤瓦の屋根をつけてゐた。本多はここに立って、自分がすみずみまでしつらへた室内が、夕日の沈痛な色に沈んでゐるのを見るのが好きだった。

午前十一時に妻が月光姫をつれて準備のために来る筈であった。「ゆうべ月光姫《ジン・ジャン》はどこへ泊まったのか」それが不安であった。その日には結局、ジン・ジャンは来なかった。十日ほどして、本多の留守にジン・ジャンが本宅に現れた。

その翌日、劇場の廊下の柱のかげにジン・ジャンが佇んでゐた。ジン・ジャンの指に濃緑のエメラルドの指環がはめられたとき、本多はその遠い深い声とこの少女の肉とが、はじめてしっくりと融け合ふ瞬間を見た心地がした。

「君が子供のころ、私のよく知ってゐた青年の、生れ変りだと主張してゐて、本当の故郷は日本だ、早く日本へ帰りたい、と言ってみんなを困らせてゐた。その日本へ来て、この指環を指にはめたのは、君にとっても一つの巨きな環を閉じることになるんだよ」

「さあ、わかりません」とジン・ジャンは何の感動もなしに答えた。「幼い時のこと、私は何もおぼえてゐません。本当に何も！　みんな私のことを、小さい時は気が変だったとからかふし、あなたと同じことを言って笑ひものにするのです。でも、私、完全に何もおぼえてゐません。日本のことと云ったら、戦争がはじまると同時に、スイスに行き、そこで戦争がすむまでゐたのでが、誰かからもらった日本のお人形を大事にしてゐたことだけです」


タクシーが玄関の前に止った。カナリヤ色の少女らしい夜の服を着たジン・ジャンが入って来た。約束の時間に十五分しか遅れてゐない。蝋燭の光りで見るジン・ジャンは美しかった。髪は闇にまぎれ、瞳には幾多の焔がゆらめいてゐた。笑った歯のつややかさも、電気の明りで見るのにまさった。

「覚えていらっしゃる？　久松よ。御殿場でお目にかかって以来ね」

ナイト・クラブのマヌエラに行くことになった。久松の甥の克巳は米人名義で買ったポンティヤックを持って来てゐた。

それから、このナイト・クラブで、キャンドル・ライトで食事をした。

踊ってゐるジン・ジャン！　ダンスを知らない本多はただ眺めてゐるだけで飽きなかっ

た。

行為者のワキ役として行為を眺めてきた本多にとって、いったい「見る」とは何を意味してゐたのであろうか。本多はいわば「夙《と》うのむかしに滅んでゐる」人間である（『朱雀家の滅亡』の最後のセリフ）。彼は常識人として振舞いながらも、彼の心の中には、芸術家にとって宿命的なもの、現世の喜怒哀楽からも遮断された場所である広野がある。

「明日のプールびらきには慶子がジン・ジャンを連れてきて泊っていく」と良人からさりげなく告げられたとき、梨枝の感じたのは一種のひりひりするやうな喜びであった。——慶子とジン・ジャンが梨枝に案内されてその水着の姿を照らすに現はしたのは、すでに午後二時とすぎてゐた。あまりに待ちかねて本多にはその出現が今では至極当り前のことに感じられた。ジン・ジャンは白の水着に、白いゴムの海水帽を片手で持ち、片手で髪をかきあげながら、休めの姿勢の右足の指先をやや外輪にしてゐた。遠くからも見えるこの足の外輪への捩り方に、ジン・ジャンの姿態が人の胸をときめかせる。あの一種熱帯風の破調があらはれてゐた。強靭でしかも細いのびやかな肢に、厚みのある胴を載せてゐるのが、どことはなしに不均衡な危険を感じせさるところが、慶子の体とのもっとも目につくちがひであった。

本多は覗き穴の隙間《すきま》をあけるために、書棚から十冊の洋書を抜き出した。その一冊一冊の厚みの差も、指にしっかりと覚えてゐる。抜き出す順序も決まってゐる。指にかかる重みも予想されてゐる。ふりつもった埃の匂ひもわかってゐる。

どこにも頭をぶつけぬやうに、覗き穴へ目を宛てることに越度《をちど》はなかった。この熟練の精妙さも重要だった。彼はまづ右の眼を覗き穴へそっとあてがった。

仄明《ほのあか》りの下《もと》にはなはだ複雑に組み合わされた肢体が、すぐ目の前のベッドにうごめいてゐた。影に充たされた黒い髪が等しく影に充たされた黒い毛と親しみ合ひ、紛れ合って、頰にかかる後《おく》れ毛のうるささが愛のしるしになった。（中略）

本多は自分の恋の帰結がこんな裏切りに終ったことに愕《おどろ》くことさへ忘れてゐた。それほどジン・ジャンのはじめて見る真摯《しんし》は美しかったからである。

このときジン・ジャンは慶子の腿が自由な動きに委ねられてゐるのを嫉妬してか、その腿をもわがものにしようとして、左腕を高くあげて慶子の腿をつかむと、自分の顔の上へ、もう息をしなくてもすむやうに、しっかり宛《あて》がった。慶子の白い威ある腿がジン・ジャンの顔を完全に覆うた。

ジン・ジャンの腋はあらわになった。左の乳首よりさらに左方、今まで腕に隠れてゐたところに、夕映えの残光を含んで暮れかかる空のやうな褐色の肌に昴《すばる》を思はせる三つのきはめて小さな黒子《ほくろ》が歴々とあらはれてゐた。

……本多はおのれの目を矢で射ぬかれたやうな衝撃を受けた。

――本多も梨枝も、はげしくドアが叩かれる音に目をさますと、たちまち煙の匂ひを嗅いだ。「火事よ！ 火事」と叫んでゐるのは女の声で、夫婦が手を携へてドアの外へ出ると、すでに二階の廊下には煙が渦巻いてゐて、夫婦は袖口で口を覆うて階段をむせながら駈け下りた。テラスへ出て、プールを見ると、向う側から慶子がジン・ジャンを擁して叫んでゐる。灯もつけないのに、プールにその投影がはっきり見えるのは、家にすでに火が廻ってゐる証拠である。

本多は髪をふり乱した慶子もジン・ジャンも持参のナイト・ガウンをちゃんと身に着けてゐるたしなみに愕いた。

昭和四十二年に、本多はたまたま、東京の米國大使館に招かれて、晩餐の席上で、バンコックのアメリカ文化センターの長をしてゐたという米人に会った。この人の夫人は三十をすぎたタイの女性で、タイのプリンセスだと皆が言った。本多は彼女をジン・ジャンだと疑はなかった。ジン・ジャンを知ってゐるか、と本多は尋ねた。

「知っているどころか、私の双生児《ふたご》の妹ですわ。もう亡くなりましたけど」

日本留学から帰って後、父はアメリカへ留学させようとしたが、ジン・ジャンは肯《がえ》んじないでバンコックの邸で、花々に囲れて、怠けて暮らすことを選んだ。二十歳になった春に、突然死んだ。侍女の話では、ジン・ジャンは一人で庭へ出てゐた。真紅に煙る花をつけた鳳凰《ほうわう》木《ぼく》の樹下にゐた。笑ひ声がきこえてゐたが、やや間があって鋭い悲鳴に変わった。侍女が駈けつけたとき、ジン・ジャンはコブラに腿を咬まれて倒れてゐた。医師が着いたのは、すでに息絶えたあとであった。

『暁の寺』第一部では、何よりも唯識論の哲学についての叙述が重要な意味をもっている。光栄尭夫氏によれば、「三島は大乗教の範囲で論ずべき唯識論を、大乗教からさらに実大乗教まで引き延して解釈している」ということである。「もっともそうしなければ、転生は決して引き出されてこないからである。またこのロマンで三島は転生をすべて人間に限定しているが、転生は畜生や餓鬼などにおいてもなされるべきものであって、人間はそのごく一部なのである。さらに即身成仏、解脱への道は理論の外に当然苛酷な修行が要請されよう。これらのことから考えても、一体三島がどこまで真剣に仏教と取り組んでいたかという点に関しては、やや疑問が残問が残されるに違いない。」（光栄尭夫『三島由紀夫論』平12、二一二頁） 三島にとっては、実はそんなことはどうでもいいことだったのだと思う。仏教哲学の中でも唯識論の専門家から見れば、三島の唯識についての議論にかんしてはいろいろな疑念が当然生まれることであろう。三島は唯識論をまるで理解していないと極論するものもいるだろう。しかし、そんなこともどうでもいいことなのである。三島においては四部作の輪廻転生の構成を一応理論づけることができればそれで充分なのである。最後には輪廻転生などということは夢のような虚妄になってしまうのであるから、四部構成を成立させる根拠としての哲学が一応、理解されていればそれでいいのである。「何故かくも仏教に接近していったのであろうか。この裏には、彼の行為者としての挫折の確定が考えられよう。なぜなら一回の生を生き切る行為者への道は、どうあがこうとも生まれ変わる以外に永遠に閉じられていたからである。そこで認識者のまま解脱へいたる道として仏教が選ばれていったものと思われる」と光本氏は言われるが、三島は仏教による解脱などは求めてはいなかった。三島はそんな弱い人間ではない。輪廻転生の哲学は、四部作のロマンの構成を成立させるためにはどうしても必要であったが、彼自身にとっては、それがイリュージョンであっても一向にかまわないのである。中村光夫との対談『人間と文学』（昭43）では、「どっちかというと、ぼくは本質のために死ぬよりイリュージョンのために死ぬほうがよほど楽しみですね」とはっきり言っている。

三島は生涯の最初の瞬間から「見る人」であった。認識者であった（永い間、私は自分が生れたときの光景を見たことがあると言い張ってゐた）。『禁色』の老作家、檜俊輔のモデルは三島由紀夫自身であった。彼は愕くべく美しい青年である南悠一をじっと眺めつづけている。『午後の曳航』（昭38）の中にも十三歳の登が海の男竜二と母房子との抱擁を壁ののぞき穴から眺めるシーンがある。

ジン・ジャンの、人に知られぬ裸の姿を見たいという本多の欲望は、認識と恋との矛盾に両足をかけた不可能な欲望になった。なぜなら、見ることはすでに認識の領域であり、たとえジン・ジャンに気付かれていなくても、あの書棚の奥の光り穴からジン・ジャンを覗くときには、すでにその瞬間から、ジン・ジャンは本多の認識の作った世界の住人になるであろう。彼の目が見た途端に汚染されるジン・ジャンの世界には、けっして本当に本多の見たいものは現前しない。恋は叶えられないのである。もし見なければまた、恋は永久に到達不可能だった。

今にして明らかなことは、本多の欲望がのぞむ最終のもの、彼の本当に本当に本当に見たいものは、彼のいない世界にしか存在しえない、ということだった。真に見たいものを見るためには死なねばならぬのである。

覗く者が、いつか、覗くという行為の根源の抹殺によってしか、光明に触れえぬことを認識したとき、それは覗く者が死ぬことである。もともと生活者として失格していた本多にとって「見る」という行為以外に何が可能であったろうか。認識そのものを情欲と化し、〝みだら〟としての〝覗き見〟に身をおくことによって、逆に、対象の聖性を保とうとする複雑な試みである。

人は禁じられたもの、不可能なものに魅せられて恋をする。むかし清顕は絶対の不可能にこそ魅せられて不倫を犯した。反対に、本多は犯さぬために不可能をしつられていた。なぜなら彼が犯せば、美はもうこの世に存在する余地がなくなるからだった。本多はジン・ジャンの外面において犯しがたい何ものかを想像していた。しかし幼いジン・ジャンには内面というほど確固たるものをもっていなかった。本多はいわば存在しないものに恋をして、それに触れることをみずからに禁じていたのではあるまいか。

清顕には禁忌を犯すという不可能に挑戦する若さがあった。それはまことに短く、しばしの恋であったけれども充実した青春を生きた。青春は永遠に美しく、老年はさらに老いればますます醜悪となる。勲も別な意味で禁じられたものに挑戦して、それを倒し、赫奕《かくやく》たる日輪を見て死んだ。ここにも別の意味で美と青春があった。『春の雪』と『奔馬』という二部作には、美と青春と死があった。これに反し、『暁の寺』には醜い老年の永遠に到達不可能な恋があるだけであった。幼いジン・ジャンには見せかけの美があるだけで、内面の実体がなかった。第三部が、一部、二部にくらべていくらか見劣りがあるのはいかんともしがたいことではなかろうか。

4　天人五衰

最終巻『天人五衰』は、この作品の構成そのものが、最初の構想と大きく変わってきていることが創作ノートを見るとわかる。『豊饒の海ノート』には次のように書かれている。

本多はすでに老境。つひに七十八歳で死せんとするとき、十八歳の少年現れ、宛然《えんぜん》、天使の如く、永遠の青春に輝けり。この少年のしるしを見て本多はいたくよろこび、自己の解脱の契機をつかむ。思へば、この少年はアラヤ識の権化、アラヤ識そのもの、本多の種子《しゅうじ》なるアラヤ識なりしや。本多死なんとして解脱に入る時、光明の空へ船出せんとする少年の姿、窓ごしに見ゆ。（〈バルタザールの死〉『豊饒の海』ノート）

これを見るかぎり、『天人五衰』の構想はある時期に三島によって大きく変更されたと見るべきであろう。『豊饒の海』全体の構成から考えても均衡を欠いている。三島は『暁の寺』を書き上げた直後に、テレビで次のように語っている。

『暁の寺』では女主人公が本当にまえの主人公の生まれ変りなのかどうか、わかりにくくなっている。次の第四巻では、それがもっとわからなくなるはずです……。」

主人公安永透は、十六歳だが、清水港に出入りする船舶を見張り、その船舶が発する信号を港へ連絡する仕事をしてゐる。冒頭は彼が見つめつづけている海の描写である。

沖の霞が遠い船の姿を幽玄に見せる。それでも沖はきのふよりも澄み、伊豆半島の山々の稜線も辿《たど》られる。五月の海はなめらかである。日は強く、雲はかすか、空は青い。

きはめて低い波も岸辺では砕ける。砕ける寸前のあの鶯いろの波の腹の色には、あらゆる海藻が持ってゐるいやらしさと似たいやらしさがある。

乳海攪拌のインド神話を毎日毎日、ごく日常的にくりかへしてゐる海の攪拌作用。たぶん世界はじっとさせておいてはいけないのだらう。じっとしてゐることには、自然の悪をよびさます何かがあるのだらう。

五月の海のふくらみは、しかしたえずいらいらと光の点描を移してをり、纖細な突起に充

たされている。（『天人五衰』全集14より。以下同じ）

これまでいろいろな作品で描かれた美しい海ではない。どこの海よりも暗いのである。

透は凍ったやうに青白い美しい顔をしてゐた。心は冷たく、愛もなく、涙もなかった。しかし眺めることの幸福は知ってゐた。天賦の目がそれを教へた。

この十六歳の少年は、自分がまるごとこの世には属してゐないことを確信してゐた。この世には半身しか属してゐない、あとの半身は、あの幽暗な、濃藍の領域に属してゐた。従ってこの世の法律に縛られてゐるふりをしてゐれば、それで十分だ。天使を縛る法律がどこの国にあるだらう。（中略）

本多と久松慶子とは、老後まことに仲のよい友達で、六十七歳の慶子と二人で歩けば、どこでも似合ひの金持の夫婦と思はれ、三日にあげず会ってゐて、お互ひに少しも退屈をしなかった。

謡曲「羽衣」を読んでゐて、「天人の五衰って何なの」と熱心に訊いた。

仏本行集経第五には、

「天壽満じ已《をは》るに自然にして五衰の相現ずることあり。何等かを五と為す、一には頭上華萎み、二には腋下汗出で、三には衣裳垢膩《こうじ》し、四には身威光を失い、五には本座を楽まず」

それから見ると謡曲「羽衣」の天人が、天人五衰の一を現《げん》じながら、羽衣を返してもらふとたちまち回復するのは、作者の世阿彌がそれほど仏典に拘泥《こうでい》せずに、美しい衰亡を暗示する詩語として、卒然と使ったものであろう。(中略)

ついこの間訪れたばかりの三保の松原へ、慶子を案内する本多には一つの魂胆があった。この景勝の地の荒れ果てた俗化のありさまを慶子に見せて、彼女のいい気な浮っ調子の夢想を打ち破ってやろうといふ気があったのである。(中略)

「何か御用ですか」

「いや、われわれただの旅行者ですが、信号所を見学させていただくにはどうしたらいいかと思ひましてね」

「それでしたら、どうぞお上り下さい」

その生涯を通じて、自意識こそは本多の悪だった。この自意識はけっして愛することを知らず、みずから手を下さずに大ぜいの人を殺し、すばらしい悼辞を書くことで他人の死をたのしみ、世界を滅亡へとみちびきながら、自分だけは生き延びようとしてきた。

しかし自分の邪悪な傾向は、こんな老年に及んでまで、たえず世界を虚無に移し変えること、人間を無へみちびくこと、全的破壊は終末へとだけ向ってゐた。今や、それも果たせず、自分一個の終末へ近づこうとしているところで、もう一人、自分とそっくりな悪の芽を育てている少年に会ったのだ。

この透という少年が、今までの三巻に出てきた諸人物と異なるのは、彼がすさまじい悪意の象徴であるという点である。しかも透は高貴な生れではなく、自意識と悪意によって生きるという点で、他の三人とは異質である。

「あれ、何にするものなの？　あの旗」

「あれ、今は使ってゐません。手旗信号です。夜は発光信号だけですから」

「ひとつ見せて下さる？　手旗ってまだ見たことがないの」（中略）

少年は本多の前へ来る。爪先だって、棚の一つの旗を取らうとする。すぐ身近で少年が背伸びをしたので、思わずこれを見上げた。そのときたわんだランニング・シャツから腋窩《えきか》が見え、今まで畳まれてゐた一際白い左の脇腹に、三つの並んだ黒子《ほくろ》を歴々と見た。本多の胸は動悸を打った。

——車に乗ると、本多は頭をもたげるのも物憂くシートに身を委ねて、運轉手に日本平のホテルへと命じた。

「私はあの少年を養子に貰はうと思ふんだよ」

人間の美しさ、およそ美に属するものは、無知と迷蒙からしか生れない。知つてゐてなほ美しいなどといふことは許されない。

あの少年の内面は本多の内面と瓜二つのやうに思はれる。さうだとすれば、ありえないことだが、あの少年は知つてゐてなほ美しい、といふ異様な存在なのであらうか。（中略）

――絹江が去つたあとでは、透はいつも不在をたのしんだ。あれだけの醜さも、ひとたび不在になれば美しさとどこに変りがあるだろう。すべて絹江の美しさを前提にして交はされたあの会話、その美しさ自体が非在なものだつたから、絹江がこの場を去つた今も、少しも変らず馥郁《ふくいく》と薫つてゐた。

所長が透の部屋に話があるといつてやつてきた。

「それもまた、愕くべき話だ。社長の恩のある先輩をとほして来た話で、君をぜひ養子に申し受けたいといふ人があるんだ。しかも私が直接の仲人に立つて、是が非でも承知させてくれ、といふんだ」（中略）

「その、僕を養子にほしいといふ人は、本多さんといふ人じゃありませんか」

「さうだよ。どうしてわかつた？」

「一度信号所へ見学に来たんです」

「養子縁組をしたらすぐ高校の入学準備をさせ、一流大学へ進ませるために、家庭教師もつけたいと思ってゐること、死後はうるさい親戚もなく、本多家の財産は悉く透の所有に帰すること。これだけ結構づくめの話はない」と言ふのであった。

「承知してくれるんだね。」

「はい。承知します」


昭和四十九年のクリスマスを、透がどう過すかといふことを、本多に訊くさえ慶子は義憤にかられた。むかしの本多の知的な澄明は失せ、何事にも卑屈になり、態度はおどおどして、たえず不安に脅かされた。この春透が成年に達して東大に入学してから、すべてが変ったのである。透は俄かに養父を邪険に取扱うやうになった。本多は透に煖爐の火掻き棒で額を割られ、ころんで打ったといつはって病院通ひをしてからといふもの、透の意を迎へることにもはや汲々としてゐた。

「年寄なんか穢《きたな》い。臭いからあっちへ行け」と言はれたことがある。本多の頬は怒りに慄へたが、やりかへす術《すべ》がなかった。

この夏から清水の狂女の絹江を引取って、離れに住まはせている。本多が避暑に出かけたあと、彼の好きな離れの前の百日紅《さるすべり》が花を咲かせたとき、絹江はこんな花がきらいで頭が痛くなると言ひだしたので透が伐ってやったのである。透が満二十一歳になるまであと半年の辛抱であった。もしも贋物の転生者であったならばこの苦しみはつづくと考へて恐怖する。

こういう精神の迷い、不安から、神宮外苑で男女の姿態をのぞき見していた現場を検挙され、スキャンダルになる。身分も明かされ、週刊誌に「傷害犯人とまちがへられた元裁判官覗き屋氏の御難」という見出しのついた記事にされた。

十一月末に、透は慶子から立派な英文の招待状の入った書状を受けとった。七十歳に余る老婆の賑やかな正装に透は言葉を奪われた。

「ほかのお客は遅いですね」
「ほかのお客って？ 今夜のお客はあなたお一人よ」
「じっくりお説教をきかせて下さるつもりなんですね」
「お説教なんて何もありません。ただ、この機会に、本多さんが私のお喋りを知ったら私を殺すかもしれないことを、あなたにこっそり話してあげようと思ったの。本多さんと私だけが知っている秘密ですけど」

「秘密って何です」

「そもそもあなたがどうして突然本多家に養子に望まれたか御存知？」

「そんなことは知りません」

「実に簡単なことよ、あなたの左の脇に三つ並んだ黒子《ほくろ》のためだわ」

透は愕きを隠すことができなかった。今の今まで、この黒子は自分一人の矜りの根拠で、誰の注意をも惹く筈はないと思ってゐたのに、慶子までが知ってゐるのである。

「一度会ったきりの赤の他人が気に入って養子にしたがる莫迦がどこにゐます」

「それまであなたが心に抱いてゐた子供らしい夢と、私たちの申し出とが、うまい具合に符合したやうな気がしたんでしょう？」

透ははじめて慶子といふ女に恐怖を抱いた。多分世の中には、何かある神秘的な価値といふものに鼻の利く俗物がをり、さういう人間こそ正真正銘の「天使殺し」なのだ。

「あなたは歴史に例外があると思った。例外なんてありませんよ。もしこの世に生れつき別格で、特別に悪《わる》だったり、さういふことがあれば、自然が見のがしておきません。そんな存在は根絶やしにして、唯一人、人間は『選ばれて』なんかこの世に生れて来はしない、といふことを人間の頭に叩き込んでくれる筈ですわ。

あなたを養子にし、理に合はない『神の子』の矜りを打ち砕き、世間並みの教養と幸福の定義を注ぎ込み、どこにでもゐる凡庸な青年に叩き直すことで、あなたを救はうとしたの。

あなたはそんな償ひの要らない天才だと、自分を思って来たんでせうね。何か人間世界の上に浮んでゐる一片《ひら》の、悪意を含んだ美しい雲のやうに、自分を想像して来たんでせうね。

あなたに会ひ、あなたの黒子《ほくろ》を見てから、本多さんは一目でそれを見抜いたんです。そこで是非ともあなたを手許に置いて、危険から救ってあげなければ、と決心したんですよ。このまま置いたら、つまりあなたの夢みてゐる『運命』を委せておいたら、きっと二十歳で自然に殺されると知ったからです。

あなたを養子にし、理に合はない『神の子』の矜りを打ち砕き、世間並の教養と幸福の定義を注《つ》ぎ込み、どこにでもゐる凡庸な青年に叩き直すことで、あなたを救はうとしたんです」

「何で僕は二十歳で死ななければならないんです」

「そのことについては、さっきの部屋に戻って、ゆっくり説明してあげませう」

二人は火を前にして、小卓を央《なか》にはさんで、並んで掛けた。そこで慶子が、本多から聴いたままの、永い生れ変りの経過を話したのである。

「面白いお話ですね。しかし一体何の証拠があるんです」

「証拠なんて」と慶子はややたぢろいだ。

「真理に証拠なんてあるものですか」

「あなたが真理なんて仰言《おつしや》ると嘘みたいですよ」

「強ひて証拠といへば、本多さんが、松枝清顯といふ人の夢日記を、今も大切に持つてゐる筈だから、今度見せてもらつたらいいわ。夢のことしか書いてない日記で、その夢がみんな実現されたんですつて。……それはともかく、今までお話したことは、全部あなたには何の関係もないことかもしれないの。なるほどジン・ジャンの死んだのは春で、あなたも三つの黒子をお持ちだからあなたはジン・ジャンの生れ変わりにまちがひなやうに思へるけれど、どうしてもジン・ジャンの死んだ日がはつきりしないのよ。ジン・ジャンの双生児《ふたご》のお姉さんも、春といふばかりで、迂闊《うかつ》なことに、妹の命日をおぼえてゐなかつたし、ですからもしジン・ジャンが蛇に咬《か》まれて死んだのが、三月二十一日以後といふことになれば、あなたは無罪放免になるわけね」

「僕の誕生日だつて、実ははつきりしないんです。父の航海中に生れたので、ちやんと面倒を見る人がゐなくて、出生届を出した日が誕生日といふことになつてゐますけど、本当に生れた日は三月二十日より前であることは確かです」

「それでもそんなことは、何の意味もないことかもしれないの」と慶子は冷淡な口調で言つた。

「何の意味もないとは？」

「さう、意味がないのよ。だってはじめから、あなたは贋物だったかもしれないんですもの。いいえ、私の見るところでは、あなたはきっと贋物だわ」

透は殺意を感じ、どうしたらこの女を取乱させ卑屈に命乞ひをさせて殺すことができるかを考えた。

「……あなたがあと半年うちに死ななければ、贋物だったことが最終的にわかるわけですけれど、私は半年なんか待つまでもないと思ってゐるの。見てゐて私は、あなたに半年のうちに死ぬ運命が具はってゐるやうには思へない。あなたには必然性もなければ、誰の目にも喪ったら惜しいと思はせるやうなものが、何一つないんですもの。あなたを喪った夢を見て、目がさめてからも、この世に俄かに影のさしたやうな感じのする、さういふものを何一つお持ちぢゃないわ。

あなたは卑しい、小さな、どこにでもころがっている小利口な田舎者の青年で、養父の財産を早く手に入れたくて、姑息な手段で準禁治産宣告を下させようとしたりしてゐる。おどろいたでせう。私何でも知ってゐるのよ。お金と力を手に入れたら、その次にほしいものは出世ですか。

あなたには特別なところなど一つもありません。私があなたの永生きを保証するわ。

あなたとあなたの行為が一体になることなどは決してなく、そもそも神速のスピードで自分を滅ぼす若さの稲妻のやうな青い光りなど具はってはゐない。ただ、未熟な老いがあるばかり。あなたの一生は利子生活にだけ似合ふのだわ。

あなたはなるほど世界を見通してゐるつもりでゐた。さういふ子供を誘ひ出しに来るのは、死にかけた『見通し屋』だけなんですよ。あなたには運命なんかなかったなかったのですから。美しい死なんかある筈はありません。あなたが清顕さんや、勲さんや、ジン・ジャンのやうになれる筈はありません。あなたがなれるのは陰気な相続人にだけ。……」

慶子が透に語ったことはもっとも残酷なことであった。自分の運命、自分の存在価値、存在意味、そのすべてを根底から覆したのである。彼は幼時から三つ並んだ黒子《ほくろ》を自分が特別の人、選ばれた人であることの証《あかし》であると信じてきた。十六歳の少年のとき、自分は「この世に半身しか属していない」と考えていた。「従ってこの世で自分を規制しうるどんな法律も規則もない。ただ、自分はこの世の法律に縛られてゐるふりをしてゐれば、それで十分だ。天使を縛る法律がどこの国にあるだろう」と秘かに思っていた。このだれにも知られるはずのない秘密が本多にも久松慶子にも知られていたのである。この二人は天使の衣を剥ぎとり、侮辱した天使殺しだったのである。二十歳で死ななければ自分のあらゆる尊厳、貴種性が剥奪され、凡俗の愚民の中につきおとされることになる。慶子は明らかに二十歳で死ぬことを透にそそのかしていた。

「あなたは歴史に例外がある」と思った。「人間に例外がある」と思っていた。慶子は「例外なんてありませんよ」と言った。これこそ悪魔のささやきである。神の子であり、天使であることが否定されても、せめて貴種であり天才であることを顕示しなければならなかった。そのためには、二十歳で死なねばならなかったのである。

十二月二十八日の朝、女中たちの泣き叫ぶ声に本多は愕《おど》ろかされた。透は自分の寝室で服毒してゐた。生命は取止められたが、完全に失明してゐた。透が嚥んだのは、メイドの一人にたのんで町工場から盗ませた工業用のメタノールであった。毒物が網膜神経節細胞を侵して、回復不能の視神経萎縮《いしゅく》を来したのである。

本多は準禁治産を免がれ、もし本多が死んで財産を相続したときこそ、この盲人には法律上の保佐人が要ることになった。盲目の透は学校もやめ、一日家にゐて、絹江以外とは誰とも口をきかなくなった。あるとき、透が久々に本多に口をきいた。絹江と結婚させてくれ、というのである。絹江の狂疾が遺伝性のものと知ってゐる本多は、少しもためらはずにこれを許した。

松本徹氏は、このへんのところも「読者が納得できるように描かれているとは言えない。透の自殺を図った理由が、自分が偽物の転生者ではないかと恐れ、本物であることを証明するため、と解釈できる書き方になっているが、透はエゴイストで、本多を憎んでいるのである。だから、本多が透を転生者だと考えたところで、勝手にそう思いこんでいるだけと突き放すほうが自然だろう。その本多の思い込みに義理を立てて、透が命まで捨てる行動に出るなど、あり得ないことだ。エゴイストなら透自身に属する理由からでなくては、如何なる行動にも出るはずがないのである」と書いている(『三島由紀夫の最後』平12、五二頁)。だが、本文をよく読めば、透は本物の転生者ではないかと恐れて自殺したのではないことはわかるはずだ。透は転生の話を聞かされても一向それを信用していないのである。

「面白いお話ですね。しかし一体何の証拠があるのです」と突っぱねている。透はエゴイストであるだけでなく、ナルシシストであった。「隅から隅までわが目に自分が見えてゐて、どんな目の鋭い他人も透自身ほど透が見えないということが彼の自尊心の根拠だったから、たとへどんな風にでも他人の目に見えている限りの透に、金を施してくれるという申し出は、いわば透の影への施しであり、自尊心に傷を与える何ものもなかった。透は安全だったのである。」ところが、本多や慶子によって透の内部が見透かされていたのである。彼は十六歳のとき、「この世には半身しか属していない。この世に天使を縛る法律がどこにあるだろう」と考えていた。「ともあれ、透は選ばれた者で、絶対に他人とちがっており、この孤児は、どんな悪をも犯すことができる自分の無垢《むく》を確信していた。」この少年にとっては、自分が例外者であり、天使であり、天才であり、少なくとも特別な人間として選ばれてこの世に生れてきたと心底思いこんでをり、この信念を崩されれば彼が生きている意味がなくなってしまうほどそれは重大なことであった。それが、二十歳で死ぬ運命にあったことを証示することによって、つまり自殺することによって、自分の特別性を証明できるなら喜んで死んだであろう。テキストを隅から隅までよく読めばそのことは自然に納得されるように書かれている。三島はそれほど凡庸な作家ではなかった。昼は自決のための準備にどれほど忙殺されていようと、夜、自分のライフ・ワークともいうべき『豊饒の海』の最終段階にきて、自分の生来もって生れてきた明察を見失うことはないのである。

ところで、『豊饒の海』ノートで、「本多死なんとして解脱に入る時、光明の船出せんとする少年の姿、窓ごしに見ゆ」とあるが、物語の構想は正反対の方向になぜ変更されたかということだが、第三巻で輪廻転生を唯識哲学によって基づけることを試みているが、作者三島がはたしてこの哲学を心底信じていたかといえば、否《ノー》といわざるをえない。あくまで、四部構成の、各個独立の物語を一つの筋でつなぐために必要とした虚構の域を脱するものではなかったと考えるべきであろう。

第一巻、松枝清顕《まつがえきよあき》にはじまり、二巻で飯沼勲《いさお》、三巻で月光姫《ジン・ジャン》に転生した主人公がいずれも二十歳で死ぬが、そのことは唯識哲学によって根拠づけることができることではない。強いていえば、二十歳の若く、美しい青年として夭折することを夢みていた作者三島の悲願が生みだしたヴィジョンとでもいうより仕方がないであろう。だが最終巻の『天人五衰』で、安永透《やすながとおる》だけは二十歳で自殺を試みたが失明しただけで生きのび、醜い狂女と結ばれるというグロテスクな結末はどういうわけだろうか。今回の生れ変わりは贋物であって、ここで転生の環《わ》つなぎが切れてしまったのだから、美しい死の光栄に与るわけにはいかなかったということだろうか。

『天人五衰』を失敗作と断じる評者がたくさんいるが、「おそらく作者の計算や制御を裏切って、それまで押さえられていたニヒリズムが大氾濫を起し、作者の内面の暗澹たる虚無を一挙にさらけ出してしまった、というような印象を受けるのである」という澁澤龍彦氏の評言(前掲『三島由紀夫おぼえがき』九〇頁)がぼくにはいちばん説得的である。

「豊饒の海」はラテン語ではMare Foecunditatis、水分の全くないカラカラの沙漠の海の謂であった。澁澤氏は「本多繁邦が最後に到達したのは、解脱による澄みきった諦念などというようなものではなくて、盲目になった透の内面と奇妙に釣り合うような、あらゆる人間的意志の放棄、すなわち『人間存在自体が不治の病であり』、『しかもそれは何ら存在論的な哲学的な病ではなくて、われわれの肉体そのものが病であり、潜在的な死なのである』という、不吉な認識でしかなかったのである。」(同九〇頁)

いよいよ最後の場面に移ろう。

死期の近づいたのを自覚した本多は月修寺への道を辿る。門跡にやっと会うことができた。

「御門跡は、もと綾倉聰子《あやくらさとこ》さんと仰言いましたでせう」

「はい俗名はさう申しました」

「それなら清顯君を御存知ない筈はありません」

「松枝清顯さんといふ方は御名をきいたこともありません。そんな方はもともとあらしゃらなかったのと違ひますか？　何やら本多さんがあるやうに思うてあらしゃって、実ははじめから、どこにもをられなんだ、といふことではありませんか？」

本多は綾倉家と松枝家の系図や自分との関わりについても語ったが、

「記憶と言うてもな、映る筈もない遠すぎるものを映しもすれば、それを近いもののやうに見せもすれば、幻の眼鏡のやうなものやさかいに」

「それなら、勲もゐなかったことになる。ジン・ジャンもゐなかったことになる。……その上、ひょっとしたら、この私ですらも……」
門跡の目ははじめてやや強く本多を見据ゑた。
「それも心々《こころごころ》ですさかい」

芝のはずれに楓を主とした庭木があり、裏山へ導く枝折戸《しおりど》も見える。夏といふのに紅葉してゐる楓もあって、青葉のなかに炎を点じてゐる。庭石もあちこちにのびやかに配され、石の際《きは》に花咲いた撫子《なでしこ》がつつましい。左方の一角に古い車井戸が見え、又、見るからに日に熱して、腰かければ肌を灼きさうな青緑の陶の榻《たふ》が、芝生の中程に据《す》ゑられてゐる。そして裏山の頂きの青空には、夏雲がまばゆい肩を聳《そび》やかしてゐる。

これと云って奇巧のない、閑雅な、明るくひらいた御庭である。數珠を繰《く》るやうな蝉の声がここを領してゐる。

そのほかには何一つ音とてなく寂寞《じゃくまく》を極めてゐる。この庭には何もない。記憶もなければ何もないところへ、自分は来てしまったと本多は思った。

庭は夏の日ざかりの日を浴びてしんとしてゐる。……

『豊饒の海』完
昭和四十五年十一月二十五日

これは非常に深遠で感動的な言葉であるが、『天人五衰』の結末ではない。『豊饒の海』四部作のロマンの結語である。三島文学の最後の言葉といってもいい。

すべての意識、記憶、物、すべてを空無化する場所、その場所なき場所に寂莫をきわめた絶対無の沈黙がある。

作家にとって、渾身の力をこめて築き上げてきた「神聖、美、伝説、詩」の大伽藍が煙のように消滅する瞬間でもあるだろう。（新潮文庫版解説）

作者は次のように語っている。

あの作品では絶対的一回的人生というものを、一人一人の主人公はおくっていくんですよ。それが最終的には唯識論哲学の大きな相対主義の中に溶かしこまれてしまって、いずれもニルヴァーナ（涅槃《ねはん》）の中に入るという小説なんです。（対談・「三島由紀夫最後の言葉」聞き手古林尚『群像日本の作家18 三島由紀夫』平2、二二二頁）

V　反民主主義の論理

もしかして民主主義の哲学というものがあるとしたら、それは懐疑の哲学・絶望の哲学であるにちがいない。

つまり、人間という生き物は、度しがたいほど自己中心的な存在であり、他人は敵だ、というのがこの哲学の根本問題なのである。そういう自己中心的な人間が集まり、一つの社会を作って生きていくのである以上、相互の間でどうしても折り合いがつかない場合には、多数決原理によって決議事項をつくりあげ、それに服従していく道を選ぶほかに、個人の生きのびる道はない。そういったあきらめ、ないし絶望から民主主義*なる必要悪が生まれたのであって、それはとても社会理想となりうる代物ではないのである。

* 歴史的な民主主義についてはいろいろ議論があるが、そういう問題には拘泥しない。戦後、日本人にとっての新しい神あるいは理想として教育された理想主義的民主主義だけについて語っているのだ。

もともとエゴイズムの塊であるような人間がすすんで個人の権利を全体に委譲する道をえらぶはずがない。西欧に民主主義という考え方、というか生き方が生まれたのは、よくよくのこと、つまり、お互いに自分の生存が他から脅かされないために、心ならずも強いられた結果であったのだ。砂漠の民であるアラブやユダヤ人の生き方を想いおこしてみるがいい。それはまさしく取りあい、奪いあいの世界であった。一度相手の言い分を承認したら、場合によっては、自分の生命さえ奪われかねない。だから、たとえ自分の主張に理がないとさとっても、あくまで自分の権利を主張しつづけなければならない。これが砂漠の民の生活鉄則である。人間というのは、どんなに善意の仮面をかぶっていても信用できるものではなく、信頼できるのは自分自身しかいない。自分で自分の生命を守る以外にこの苛酷な風土で生きのびる術はないのだ。こういう考え方は、西欧人の生活感覚の中にも深く滲みこんでいるものである。まわりを海でかこまれ、長いあいだ鎖国をつづけて外敵の脅威から守られた安全な生活をつづけてきた日本人などには、こうした考え方は到底理解できるものではない。頭でわかっても肌で感じとることができない。しかし、地つづきの大陸で、各種の異民族がせめぎあう中を、肉親相喰むような血みどろの殺戮をくりかえしながら、かろうじて自分の生命を守って生きつづけてきた西欧人にとっては、他人は信用できないというのは、ほとんど自明の真理であった。

民主主義は、こうした苛酷な精神風土で生きつづけてきた西欧人の間で生まれた思想である。

というよりも、人間不信の哲学から生まれた生活技術であった。それは到底日本人の気質では理解できるものではない。日本人は日常、お互いのひざとひざが触れあうほど混みあったところで、適当に妥協しあって生きている。もちろん、お互いのあいだに隠れたかたちでの対立関係や敵対意識は働いているが、表向きは〈まあまあ〉ということでごまかしてしまっている。だから、相互のあいだの本質的な断絶を認めることができないまま、微温的な融和の生活関係を保っている。こういう精神風土へ民主主義が移入されるとき、それはたちまち、「お互いに仲間同志じゃないか、仲よくしよう」と甘えあう欺瞞的な掛け声になってしまう。しかし、そうしたことばでお互いのあいだの違和感をごまかして生きることがもはや許されないほど、人と人とのあいだに埋めがたい距離が自覚されたからこそ、われわれはギリギリなところで、民主主義なる思想に依拠して生きていくしか道がなかったのである。ところが、民主主義は積極的な価値であるどころか、思想ですらない。その実態は、人間不信という懐疑の哲学から、必要悪のようにして考えだされた、一つの妥協的な政治技術でしかない。

戦後、日本人は自国の伝統的価値をほとんどすべて放棄してしまった。そして、それに代って、民主主義が新しい時代の神になった。理想になった。ここに、戦後日本における思想的空洞化の根本的淵源があるのだ。それはけっして理由のないことではない。人間不信の時代における、たんなる必要悪にすぎないもの（たんなる政治技術にすぎないもの）が時代の最高の価値になったのだから、そこから救いがたい思想的退廃が生まれるのも当然の成行きというものだろう。実例を挙げて考えてみよう。民主主義・議会主義の政治的基礎は多数決原理にある。日本人はこの多数決原理を盲目的に信仰しているようだ。だから、会議の結果が全員一致ということがいちばんの原理と考えられている。ところが、この全員一致という結果が実は眉唾物なのだ。多数者で議論する場合、ひとりひとりが自立的な判断の主体としてその会議に参加するならば、かならず異論がでて、多数意見と少数意見に分かれるはずである。だからこそ、多数決原理の適用が最後の段階では要請されざるをえないのである。しかるに、会議によって全員一致の結果が容易に得られるというのは、審議の過程のどこかになんらかの不公正が働いている証拠とみなすこともできる。成員の中のある特定の権力者の考えに知らず知らず迎合するとか、あるエモーショナルな要因が働いていて感情的に一致したにすぎないとか、さまざまの場合があるだろうが、ともかくある不公正な原理が働いているにちがいないのである。もしもひとりひとりが自由に発言する権利と機会を平等に行使することが可能であるなら、全員一致などという結果が生ずるはずがない。ユダヤの古い法律では、全員一致の決議は採用しないというきまりがあったと聞かされてきた(そんなきまりはなかったと反論する人もいる)。この考えはきわめて合理的な根拠に立脚しているのであって、少数の異論があることのほうが、公正な審議が行われたことの証拠となりうるのである。それというのも、政治的決議を行う場合、人はけっして客観的真理に準拠して発言するわけでなく、どこまでいっても自分の利害関心から離れることができないということが暗黙の前提として了解されている。だれもが自分の利害関係から自己主張をするとするならば、どれほど審議を重ねても、全員一致の結果に到達するはずはありえない。とすれば、会議体の各メンバーがなんらかの一致点に到達するためには、その審議の過程のどこかの段階で多数決原理を導入せざるをえないということになる。これが政治的民主主義の成立基盤なのだ。このように見てくれば民主主義の多数決原理は政治家たちがかれらの野望を実現するために必要な手段であり、場合によっては悪を実行する手段にもなりかねない。正義を世に開顕するためには、「他のすべての人が反対しても我ひとりだけでもその実現のために生命を賭して突進していく」というほどの決意が必要なのである。政治家は自分の理想としての目的意識をもたなければならない。そういう目的なしに、自分の野心だけのために多数決原理を利用するというのであれば、かならず堕落していかざるをえないであろう。それは世に道徳的頽廃をはびこらせるだけの結果を招くにとどまることだろう。

日本人の民主主義に対する受けとり方には、どこか異常なところがある。この思想の背後にある人間不信の哲学には全く目をくれようとしない。この世の中は善意の人間だけで成り立っていて、話しあえばお互いにわかりあうことができないはずはなく、容易に全員一致の見解に達することができるという、ヒューマニズムの思想というよりは心情、すなわち人情主義に溺れている。しかし、こうしたセンチメンタルなヒューマニズムによっては、「おれたちはみんな人間(あるいは日本人)同志じゃないか」というような言葉で現状を糊塗し、安易なヒューマニズム感情によって自己陶酔にふけることができるという程度のことだ。それでは、現実のきびしさを直視することを恐れて自己逃避しているにすぎない。民主主義とかヒューマニズムという空虚な、偽善的観念に酔っているだけだ、といわれても仕方がないであろう。

二十一世紀の今日の状況下では、わが国の濕潤で融和的な精神風土のうちにも、砂漠的な断絶状況が大きく拡がりつつある。人と人とのあいだに横たわる深淵はもはや大江健三郎的なヒューマニズム感情によってごまかすことができないほど歴然たるものになってきた。にもかかわらず、われわれはヒューマニズムの思想の名を借りて、その実、センチメンタルな感情的一致だけによりかかろうとしてきたのである。

もともと人間不信の哲学に根ざすところの思想である民主主義がセンチメンタルなヒューマニズムと直結しうるはずがない。ところが、わが国で民主主義といえば、それは人類愛的なヒューマニズムの思想ということになっている。人間不信の哲学の上に成り立つ西欧的民主主義を日本的ヒューマニズムと直結させるならばどういうことになるか。その結果は明らかだ。本来、必要悪として生まれた政治技術にすぎなかった民主主義がたちまちその実体を失い、たんなる儀式と化してしまうにちがいないのである。なにも長時間話し合いを重ねた上議決するという形式をとらなくても、従来の慣習や人情関係からいって最初から結論がでていることを、わざわざ多数決原理を借りて議決するというおかしなことになる。そういう手順をふむことが、より民主主義的であり、より合理的であると信じこまされているのである。けれども、何事にも民主主義的であるべきであるという至上目的のためには、集団的討議や多数決議決方式という空疎な儀式を省略することは絶対に許されない。こうして、老いも若きも、いたずらに時間を浪費するためだけの民主主義ごっこに熱中しているありさまである。

問題はもちろん、時間の浪費ということだけにとどまるものではない。たんなる儀式としての民主主義的手続きをふむことがわれわれの生活習慣となるにつれ、旧来の価値観によって慣習法的にきまっていた日本的生活方式が崩れてゆき、民主主義的手続きがかえって西欧的エゴイズムを戦後の日本に跳梁させることになるという意外な結果へと逆流していくことになったのである。それはおそらく、こういう事情によるものであろう。

戦前の日本では、人々はほとんど何の疑念をさしはさむこともなく、伝統的な生活方式を遵奉してきた。いたずらに社会のしきたりに異を唱えることはもっとも禁じられていた。自己主張を抑え、権威に忠実であるところの恭順の美徳が一般的に称揚され、そのような社会理想に合うように子弟は教育された。しかし、戦後の民主主義の時代になると、こうした伝統的価値観は完全に逆転する。

戦後においては、だれはばかることなく、自己の信念にもとづいて自己主張をすることのできる人間を育てあげることが新しい教育理想となった。戦後教育はただ一方的に自己主張のみを称揚し、恭順の美徳、つまり自己抑制ということを少しも教えようとしなかった。そのために奇妙な現象が生まれることになった。つまり、西欧においては、自己主張をしてやまぬ人間相互のあいだを調停し、規制するための政治技術として発達した民主主義が、戦後日本においては、だれの心にも本源的にひそむ、自己本位に生きたいという自己主張の願望をめざめさせ、掻きたてるという、逆の作用をするにいたったのである。

戦後日本において、民主主義がたんなる形式的儀礼としてわれわれの生活習慣の中に定着するようになると、最後には多数決原理による議決によって決着がつくという安心があるために、審議の過程においてはいくらでも全体の空気として醸成されつつあった多数意見に対しても自由に異を唱えることができるという新しい考え方が生まれてきた。戦前ならば、全体の調和を守るためにあえておのれを殺すという考え方をしてきた若者が、だれにも社会全体の動きとは関係なしに自由に自己主張をし、異議申し立てをすることが許されるという考え方に変ってきた。ここから、日本の伝統的な生活習慣は次第に崩れていき、最後には国法以外に個人のエゴイズムの跳梁を抑える手段は何一つないというまでに、道徳的に無秩序な状態が出現するにいたったのである。

日常、われわれの生活を具体的に規制しているものは、わが国特有の、伝統的な習俗やモラルであって、それによってわれわれの社会秩序が保たれてきたのである。そうした習俗や道徳原理に対する違反が極限に達し、法的規制の範囲を逸脱したときのみ、国法がわれわれの行動を縛る秩序原理として姿をあらわすのである。しかし、戦後世界では、すべての道徳的原理が禁忌としての効力を失ってしまったために、普通程度の秩序に対する侵犯によっては(つまり、法的規制の範囲内において道徳的違反を行う程度では)、社会の禁止の声は聞こえてこない。古代における神々の怒りやその代理としての宗教的・道徳的規範の抑止力はいちじるしく弱まってしまった。個人の非合理的衝動をきびしく規制するところの内的原理としてのモラルを切望してやまない若者たちは、その禁忌としてのモラルに出会うことを欲して、社会秩序に対しみずからすすんで違反に違反を重ねていく。しかし、道徳的信念を見失い、父性的拒絶の原理を喪失してしまった戦後世界においては、その違反をかなりエスカレートさせていっても、断乎とした父性的拒絶の声に出会うことができない。このため、若者たちは無制限の自由が自分に与えられているような錯覚におちいってしまう。しかし、かれらの果敢な自己主張の衝動も、いつかは壁につきあたらざるをえない。秩序に対する違反が極限に達したときには、若者の傷つきやすい心は、冷厳そのものともいうべき国法に、あるいはその具体化としての警察権力にじかに向きあわなければならない。そのときには、若者はすでに抑制がききようがないまでに自己主張の願望をつのらせてしまっているのだから、もはやひき返すすべもなかろう。若者は国家権力に対し真向から突進してゆき、いづれは決定的に傷つくところまで追いこまれていく。それはまさしく無残としかいいようがないことだ。

人間性を十全に解放したらどうなるか。こわいことになるんだよ。紙くずだらけはまだしも、泥棒、強盗、強姦、殺人……獣に立ちかえる可能性を人間はいつももっている。(「東大を動物園にしろ」『文藝春秋』昭44・1、旧版全集35所収)

これは東大紛争に触れて語った三島由紀夫の言葉であるが、現代の若者は、こうした、人間性を無制限に解放したときの恐ろしさというものを知らない。だから、自分の願望を制限する法や秩序に反撥し、あくまで衝動の解放を求めてやまない。とりわけ、戦後の平和と民主主義の時代に育った若者たちは、〝民主主義とは人間性の解放なり〟と教えこまれてきたものだから、とどまることを知らない。しかし、今こそ、西欧的民主主義の理念を正しく理解し、その適用を誤らないように注意すべきときであろう。民主主義というのは元来、人間性の解放であるどころか、人間性の恐ろしさを自覚し、個人の恣意性を監視し、それをきびしく社会の法の下で統制するためにやむをえず考えだされた一種の政治技術なのである。それはいかなる道徳理想の代用の働きをするものではなく、ひとりひとりの個人が内的モラルによって自己を統御することが困難であるような問題場面にかぎって、やむをえず自己の権利を全体に委譲し、そうすることによって社会の秩序を維持していこうとする政治的術策であり、いわば必要悪なのである。

もともと主我的に生まれついた人間がすすんで個人の権利を全体に委譲する道をえらぶはずがない。西欧に民主主義という考え方、というか生き方が生れたのはよくよくのこと、つまりお互いに自分の生存が他から脅かされないために、心ならずも自己を放棄した結果であったのだ。政党政治の術策の一つとしてある派閥の中から一人を選んで首相とするということは、主権者である国民から見れば、ずいぶん危っかしい賭であるにちがいない。もしもプラトンのいうような哲人王がいて、公平無私な立場にたってすべてを裁決してくれるものならば、そのほうが良いにきまっている。けれども、ぼくら近代人から見れば、哲人王の支配する理想国家などというものはユートポス（どこにもない場所）にすぎない。いったん権力を掌中におさめたら最後、どんな善意の人間もかならず腐敗、堕落していくにちがいない。そういう抜きがたい懐疑をぼくらは抱いている。絶対的権力を手中にしたら、だれもがそれを私利私欲のために使いたいという野望にいつのまにかとりつかまれてしまう。政治の技術的効率という観点からいえば、いずれにしても一人の人間を権力機構の頂点にすえざるをえないのだが、たえず、それを全体で監視し、規制しつづけなければ、かならず権力の腐敗という現象がおきる。どんな聖人君子も当てになるものではない。西欧的民主主義は、まさにそういう人間不信の哲学から生まれたものであったのである。

三島由紀夫は「新ファシズム」の中で、現存の政治形態を「技術的な政治」と「世界観的な政治」の二種に大別する（評論全集、八三八頁）。議会制民主主義というのは、いうまでもなく前者に属する。「フランス革命以前にも、はるか古代にアテナイの民主政治があった。これは政治が技術的なものと考えられた時代の産物であり、相対主義の上にたち、近代以降は、政治家といふ職業自体が、一種の社会的分業の観念を背負っていた。」コミュニズムとファシズムは、第二の世界観的政治に属する。二十世紀になってこの二者が急速に力を得るようになったのは、技術的な政治では解決しえないような問題が生じたからである。しかし、コミュニズムが世界観であったのは革命以前の政治運動の形態下においてのみであって、革命以後のソヴィエトは、技術的な政治理念を技術的にとりいれつつある。そのような時代に米国のみは「自由」の勝利というような世界観に固執している。本来、相対的な観念にすぎない〈自由〉が絶対的な一理念の姿を装っているのは、滑稽としかいいようがない。目下の危険は、民主主義というような「本来技術的な政治形態が、おのれの相対主義を捨て、世界観的な政治を模倣するところにある。」このような主張している。

〈自由〉の観念を絶対視し、〈人間性の解放〉を謳うのは、民主主義がいわば世界観を模倣することである。しかし、技術制民主主義は本来、技術的な政治形態であり、実質的には、それはつねに人間的自由をきびしく法の統制の下に縛る力として機能している。技術としての民主主義は「人間性の解放」をきびしく法の下に縛る力として働いている。つまり「思想としての民主主義」は「人間性の解放」を謳いつづけ、「政治形態としての民主主義」は人間性を法の下に縛りつづけるというわけである。戦後民主主義はこのように、技術的な政治理念であると同時に、世界観の代理を果たすというわけである。戦後民主主義は、このように技術的な理念であると同時に、世界観の代理を果たすという虚構的二重構造をもつということによって若者たちを決定的に傷つけることになるのである。

民主主義を何よりも世界観として教えこまれたかれらは、無制限の自由が個人に与えられているような幻想を抱くようになる。しかし、現実の政治形態はかれらの期待を一つ一つ裏切らずにはおかない。二重構造をもつ民主主義は本質的に欺瞞的なのである。そこから救いがたい思想的空洞化が生ずることとなる。三島由紀夫が指摘するとおり、戦後世界をおおっているのは、まさしく、「政治における理想主義の害悪」なのだ。

ここで、ぼくは三島由紀夫の戦後民主主義に対する敵意、あるいは批判をできるかぎり忠実に辿ろうとした。といっても、三島は本質的に文学者であったから、反民主主義の論理を正確に、順序正しく述べてはいない。だから、ぼくの論文は三島が語ろうとしたこと以上の三島的思想を語っているかもしれない。それがぼくの菲才《ひ》によるものでお許しいただきたい。

三島はナチズムを嫌悪していたし、ファシストであったことは生涯一度もない。世間には三島を右翼と考えている人があったが、彼の思想は右翼思想とまるっきり縁がなかった。深澤七郎の「風流夢譚」事件(昭36)のとき、右翼から脅迫され、つけねらわれていたことからもそれはわかるであろう。三島事件ののち、三島は右翼から神格化されるようになったが、それは彼自身とは無関係な社会現象であるにすぎない。

ただ、困ったことは、三島は世間から唾棄されるような思想の持ち主であるようなふるまいをして人々を煙にまくことが大好きだった。たとえば、『わが友ヒットラー』という戯曲を書き、やっぱりファシストであったかと誤解させて喜んでいた。この戯曲の主人公レームがヒットラーを「わが友」と考えて信じて疑わなかった。そのレームから見れば、ヒットラーは「わが友」であったのである。三島自身は「ヒットラーは大嫌いだ」と明言している。三島は人を戸惑わせ、誤解されることが大好きだった。そういう性癖は生来の彼の「幼児性」から来るのである。「そのいたずらが嵩じてとうとう自決しなければならなくなったのだ」というのはもちろん、言いすぎである。自決のときはたしかに真剣であった。しかし、文学者たちの期待を裏切り、「まるで白昼夢を見ているようだ」と言わせるまでに人を戸惑わせることが快感であったというのも事実なのである。人がどんなに罵詈雑言《ばりぞうげん》を言おうと平気だった。ともかく人の裏をかくことが好きだった。それは世間の人たちへの悪意というよりも、いたずら好きということで、根本に彼の「幼児性」があることは間違いない事実である。

Ⅵ　三島由紀夫の死の哲学

三島は哲学者ではなく、あくまで作家であり芸術家であった。批評的センスにおいても優れたものがあった。もともと直情径行に走る情熱家ではない。むしろ、あまりに冷静、緻密な計算をめぐらしすぎるというほど理知の人であった。本来、生得的な気質に根ざすところの論理的一貫性をどこまでも追求する人であった。その点では、哲学者に似ているところがあった。

哲学者、思想家の中では、ニーチェ、バタイユ、ハイデッガー、ヘルダーリン、そしてギリシアの哲学者が好きだった。たとえば、ソクラテス、プラトン、ストアの哲学者に関心があった。最後の『豊饒の海』を書くために、仏教の唯識論をかなり深く勉強していたが、彼には西欧的合理性に傾斜するところがあったから、どこまで輪廻転生の説を本気で信じていたかどうか疑問である。最後には、輪廻をただ一人追いつづけていた本多が記憶もなければ何もないところへ、寂莫《じゃくまく》の境地に行きついてしまう。最終的には仏教哲学の教理はすべて相対化されてしまって、いずれもニルヴァーナ（涅槃《ねはん》）の中に入るという、一種のニヒリズムの哲学なのである。

近江絹糸の人権闘争をモデルにした『絹と明察』の中に、社長駒沢善次郎の批判者、岡野という男がでてくる。岡野はむかし聖戦哲学研究所の所員であった哲学者が、最近あらわした『ハイデッガーと恍惚』という本を読んだ。これはかなり奇抜な本で、読むにつれてハイデッガー解釈の独自なロマン派的構想があきらかになった。

ハイデッガーのいわゆる「実存《エグジステンツ》」の本質は時間性になり、それは本来「脱自的」であって、実存は時間性の「脱自《エクスターゼ》」の中にあると、説かれているが、エクスターゼは本来、ギリシア語のエクスタティコン（自己から外へ出ている）に発し、この概念こそ、実存《エグジステンツ》の概念と見合うものである。つまり実存は、自己から外へ漂い出して、世界へひらかれて現実化され、そこの根源的時間性と一体化するのである。右は殊《こと》に前期のハイデッガー哲学における実存の本質規定であるが、このロマン派的な著者は、エクスターゼをすすんで「恍惚」と訳し、古代ギリシア後期において、エクスターシスが魂から出てゆくこと、神秘的状態を意味したごとく、古代信仰でも、

「もの思へば沢の蛍《ほたる》もわが身より
　あくがれ出づる魂《たま》かとぞ見る」

という和泉式部の歌に見られるような、遊魂の状態にあらわれる人間の実存が問題にされていたことに言及する。

そしてハイデッガーのこのような脱自性《エクスターゼ》を、むりやり決意的有限的な時間性と結びつけたことから、彼の現実政治の誤認と、現実の歴史との混淆が生じたのであって、むしろハイデッガーはこのエクスターゼを世界内へ企投することなく、芸術の問題から実存の本質を解明すべきであった、と著者は批判する。無神の神学といわれるハイデッガー哲学の荒涼たる世界は、時間性において本来的存在への決意を引き受けるところに生れたものであって、芸術や信仰の実存はこれに反して時間に対する超越的契機を秘め、もっと豊饒《ほうじょう》な恍惚へ導くというのが、著者の結論であるらしい。……

岡野もかつてはハイデッガーの学風を慕ってドイツに遊び、フライブルグ大学に学んだことがある。そのときハイデッガーは、主著『存在と時間』によって世界的名声を得てから十年を経ていた。

「あとからハイデッガー先生を非難するのは易しい」とこの本の若い日の著者の痩《や》せた蒼《あお》い顔立ちを思いうかべながら、岡野は考えていた。「著者は哲学というものの危険な性質を、身にしみて感じたことがないんだろう。これに比べれば、一見危険で毒ありげな芸術なんかのほうが、ずっと安全な作業なのだ。こいつも月並な書斎のひょうろく玉だ。哲学を要するに安全性で評価している！」

ハイデッガーの神なき神秘主義こそ、かつての岡野の聖戦哲学のイローニッシュな支えであったが、その二重底の哲学で人々を瞞著《まんちゃく》し、甘い汁を吸った思い出は、その後のどんなに人の悪い行動の思い出よりも、彼のなかに甘美に澱《よど》んでいた。

「ハイデッガーの脱自の目標は」と彼は考えつづけた。

「決して天や永遠ではなくて、時間の地平線《ホリツォント》だった。それはヘルダアリンの憧憬《しょうけい》であり、いつまでも際限のない地平線へのあこがれだった。俺はこういうものへ向って、人間どもを鼓舞するのが好きだ。不満な人間の尻《しり》を引っぱたいて、地平線へ向って走らせるのが好きだ。あとから俺はゆっくり収穫する。それが哲学の利得なのだ」(『絹と明察』第三章、全集10、三六〇頁)

岡野は、一九五一年に出た「ヘルダアリンの詩の解明」を読んでからは、ハイデッガーを通じて、ヘルダアリンの詩の愛好者になった。

海門山満月寺の庭先に、すぐ湖へ突き出た浮御堂へ渡る橋があった。御堂の欄干からは、対岸の長命寺山や、遠く近江富士を眺めることができた。ここで彼はヘルダアリンの『帰郷』の一節を思い浮べる。

「遠くひろがる湖面には、

帆影に起る喜悦の波。
払暁《ふつぎょう》の町はかなたに
今花ひらき明るみかける」

ヘルダアリンはこの小説では重要な役割を演じている。争議がおこったと聞いてアメリカから帰ってくる駒沢を、岡野は羽田に迎えに行く。すでに滑走し去った飛行機のあとの空白を、ふいに濃い潮の香が、夜闇まぎれに占めたのを鋭く感じた。それはいつも彼の心の傷を押しひろげまた癒《いや》す海風、心の萎えたときに必ず彼を襲うあの爽やかな留保、ヘルダアリンの頻発する「しかし《アーバー》」だった。

「しかし
海は記憶を奪い去り且《か》つは与える」

それをハイデッガーは「海は故郷への追想を奪うことによって、同時にその富裕を展開する」と註している。

海に執着するという点で、岡野には作者の影が投影されている。

晩年の三島がいちばん熱中していたのはジョルジュ・バタイユで、「バタイユはエロチシズムの三形態について語っているが、その三形態とは、肉体のエロチシズムと、心のエロチシズムと神聖なエロチシズムとである。キリスト教はエロチシズムに反対したがゆえに、『ある意味ではキリスト教は最も宗教的ではない』」と言う（評論全集、三六〇頁）。

敬虔なカトリックであったバタイユは、第一次世界大戦直後、ニーチェを読んで、神の死を経験した。「エロチシズムはかれに『神の死』という暗い現実を直截に語るものだった。サルトルの巧みな比喩を借りて言えば、バタイユの生は、神という『この新しい存在の死の暗欝な翌日』なのであり、かれは〈まるで黒ずくめの喪服を着て死せる妻の追憶のうちに孤独な罪に耽っている慰めようもない寡夫のように〉『神の死』の習日を生きている。いまや性を覆う《禁止》もすべて空ろな形骸と化し、しかも死んだ神の記憶はまだバタイユに生なましい。とすれば、《違反》に《違反》を重ねて、形骸化した《禁止》に生命をよみがえらせるしか道はないのではないか。《違反》が極限に達したとき、《禁止》は極限というかたちで厳然と実体化するだろう。」（『英霊の聲』初版、昭41、二二三頁）　これこそが三島が理解したかぎりでのバタイユ思想の核心であったのである。

ぼくが初めて例のアポロン像のある三島邸に招待されて行ったとき、レミ・マルタンのナポレオンを飲みながら、ニーチェの『悲劇の誕生』の話を熱意をこめて話し出したのであるが、その続きを三島がほとんど正確に再現する。戦争中に読んだというのにほとんど正確に再現してみせる三島の記憶力のよさを驚嘆させられた。「個性化は悪の根本原因であり、芸術とは個体化の束縛を破りうるという喜ばしい希望のことであり、融合帰一をあらためて回復することへの予感である」というニーチェの言葉こそ、三島が最晩年に目指していたことそのものではなかろうか。もっとも、彼の場合、芸術によってではなく、肉体的な共苦によって融合帰一を目指したという違いはあるけれども。

ミダス王がシレノスを追いつめ、人間にとってもっとも善いことは何であるかと問いつめたところ、もっとも善いことは、御身にとっては全く手が届かぬことだ。それは、生れてこないこと、存在しないこと、なにものではないことなのだ。しかし、御身にとって次に善いことは――すぐ死ぬことだ。

「生よりも死が望ましい」というのがアポロン神学の根本テーゼであった。プラトンの描くソクラテスはこの謎めいた言葉を哲学的に解こうと努力した。

『パイドン』の中には次のように書かれている。

「一体、死とは魂の身体からの離脱ではないのか。魂が身体から離れて独立状態にあることではないか。これとは別のものでありうる可能性が果してあるのか。」(64C)

哲学とは「死の訓練、練習(メレテー・タナトゥー)である。」(81A)

「人間にとっては、生より死が望ましい。」(62A)

三島が楯の会のメンバーと一緒に死の訓練にはげんだとすれば、それはきわめてプラトン的であったといえる。

「空襲で昨日あったものは今日はないような時代の印象は十七年ぐらゐではなかなか消えないものらしい」と「私の遍歴時代」（初版昭35、文学論集所収、三〇九頁）の中で書いている。やがて未来の世界崩壊への期待に答えるかもしれない時代の情勢の変化に三島の心は激しく感応した。彼がいま目の前で見ている現実世界というのは幻影のような存在にすぎないのだから、ありうべきはずのない時間はうたかたのように消えうせ、戦時のあの栄光の時が蘇えってくるかもしれない。そこで、英雄として美しく死ぬことができるかもしれない。

三島由紀夫は、つねに自己の内部に、反時代的な幻想を育みつづけ、それを彼の芸術創造の土壌としてきた人だ。世界破滅とか輪廻転生とか天皇の絶対性というような観念を次々に時代の前に呈出し、みずからその中にのめりこんでいるように見せかけてきた。しかし、明察の人三島は、これらの観念が幻影にすぎないことを見とおすところの認識の眼をけっして失うことはなかった。

ジョン・ネイスンの指摘しているところだが、『太陽と鐵』の文脈には、「憲法も天皇もいかなる社会的なものも、まったく現われることがない」ということに注意すべきであろう。三島はいかなるイデオロギーの実現もいかなる有効性も期待してはいなかった。澁澤龍彦氏の次の言葉はおそらく三島の死の秘密にもっとも近いところにあるように思える。

三島由紀夫は特殊な感覚、特殊な嗜好、特殊な哲学をいだいていたひとである。存在の確証が、ただ存在の破壊された瞬間、死の瞬間のみによって保障されるだろうという哲学は、少くとも万人向けの哲学ではないし、何よりもまず検証不可能な哲学と言わねばならぬ。ぎりぎりのところは神秘主義と呼ぶほかないだろう。この哲学を果敢に実行に移した三島由紀夫本人にしたところで、その死の瞬間に、その手に果して存在の確証をつかんだかどうかは、本当のところ誰にも断言し得ない事柄に属するのだ。恐ろしい真実は、私たちの目から永久に隠されたままなのである。(『三島由紀夫おぼえがき』昭55、三八頁)

三島由紀夫は人間の理性を超えたことを信ずる一歩手前までいきついた。たとえば、転生の可能性はかなりの蓋然性をもつものであると考えていたにちがいない。しかし、それによって『豊饒の海』をしめくくることもできたはずである。しかし、彼はあくまで明察の人であり理知の人であった。それゆえに現在の時点における蓋然性の論理は捨てて、絶対無の寂莫《じゃくまく》の境地でしめくくらねばならなかった。彼はニヒリストであり、無神論者であったが、無信仰者であるかぎりの信仰もあり、信念もあった。だから、自分の信じ切ることができないもののために果敢な自決をとげたのである。

二十世紀の代表的なある哲学者は言っている。ソクラテスは実に平静に死んでいった。その態度はわれわれを感動させる。もっとわれわれの感動をそそるのは、もし来世の幸福や不死の信仰がソクラテスになかったならば、「死に直面して見せた彼の勇気は、さらに目覚しかったろう」と。三島は霊魂不滅も来世の平静の人生も一切期待しなかった。死後たくさんの人が悪罵のかぎりをつくして彼のことを語ることも覚悟していた。にもかかわらず果敢な行為者として自決して果てた。

「プラトンが造型した最大の文学的型は、ほかならぬソクラテスではあるまいか」といわれる。「三島由紀夫が造りだした最大の文学的型は、三島の精神、肉体、作品、行為のすべてにかんして《三島自身》と言えるのではあるまいか。その三島由紀夫のすべてを投げうって、冥界に去っていった。その謎はどんな明察な人も解きつくすことはできないであろう。それは哲学そのもののように不可解であり、神秘であるのだ。

文献案内

A　三島由紀夫

三島由紀夫著作年譜

1 『花ざかりの森』（七丈書院　昭19・10）
2 『岬にての物語』（桜井書店　昭22・11）
3 『盗賊』（真光社　昭23・11）。序文を川端康成が書く。
4 『夜の仕度』〔短篇集〕（鎌倉文庫　昭23・12）
5 『仮面の告白』（河出書房　昭24・7）
6 『短篇集　怪物』（改造社　昭25・6）
7 『愛の渇き』（新潮社　昭25・6）
8 『純白の夜』（中央公論社　昭25・12）
9 『青の時代』（新潮社　昭25・12）
10 『評論集　狩と獲物』（要書房　昭26・6）

11 『夏子の冒険』(朝日新聞社　昭26・12)
12 近代能楽集の一篇「卒塔婆小町」文学座で公演(昭27・1)。
13 『只ほど高いものはない』三幕(『新潮』昭27・2)
14 「綾の鼓」が俳優座勉強会で公演(昭27)。
15 短篇集『真夏の死』(創元社　昭28・2)
16 近代能楽集の一篇「葵上」(『新潮』昭29・1)
17 『若人よ蘇れ』三幕(『新潮』昭29・1)
18 『潮騒』(長篇書き下し叢書、新潮社　昭29・6)。これによって第一回新潮社文学賞を受けた。
19 『沈める滝』(中央公論社　昭30・4)
20 『女神』(文藝春秋社　昭30・6)
21 「葵上」、「只ほど高いものはない」が文学座で上演(昭30・6)。
22 『小説家の休暇』(ミリオンブックス、講談社　昭30・11)
23 「白蟻の巣」が青年座によって初演(昭30・10)。これによって第二回岸田演劇賞を受ける。
24 『近代能楽集』(新潮社　昭31・4、新潮文庫　昭43・3)。
25 短編集『詩を書く少年』(角川書店　昭31・6)
26 『金閣寺』(新潮社　昭31・10)。これによって第八回讀賣文学賞受賞。
27 「鹿鳴館」四幕を発表(『文学界』昭31・11)。
28 『永すぎた春』(講談社　昭31・12)

29　戯曲集『鹿鳴館』（東京創元社　昭32・3）
30　『美徳のよろめき』を『群像』に連載（昭32・6月まで）。同書を講談社より刊行（昭32・7）。
31　ドナルドキーン訳『近代能楽集』刊行（昭32・7）。7月クノップ社の招きで渡米、ミシガン大学で講演。
32　評論集『現代小説は古典たりうるか』（新潮社　昭32・9）
33　紀行『旅の絵本』（講談社　昭33・5）
34　戯曲『薔薇と海賊』（新潮社　昭33・5）
35　昭33年6月1日川端氏の媒酌で画家杉山寧の長女瑶子と結婚。この年、『薔薇と海賊』により『週刊読売』新劇賞を受賞。
36　『不道徳教育講座』（中央公論社　昭34・3）
37　『文章読本』（中央公論社　昭34・6）
38　『鏡子の家』第一部・第二部（新潮社　昭34・9）
39　「女は占領されない」四幕を『聲』五号に発表（昭34・10）。
40　『裸体と衣裳（日記）』（新潮社　昭34・10）
41　「熱帯樹」三幕を『聲』六号に発表（昭35・1）。
42　『続不道徳教育講座』（中央公論社　昭35・2）
43　大映映画「からっ風野郎」（増村保造監督）に主演（昭35・3）。
44　「近代能楽集」の一篇「弱法師」を『聲』8号に発表。

45 『宴のあと』(新潮社　昭35・11)
46 「憂国」を『小説中央公論』(昭35・12)に発表。
47 短篇集『スタア』(新潮社　昭36・1)
48 『獣の戯れ』(新潮社　昭36・9)
49 評論集『美の襲撃』(講談社　昭36・11)
50 「十日の菊」(『文学界』昭36・12)。これによって讀賣文学賞(戯曲部門)で受賞。
51 『美しい星』(新潮社　昭37・10)
52 細江英公写真集『薔薇刑』(集英社　昭38・4)
53 『林房雄論』(新潮社　昭38・8)
54 『午後の曳航』(講談社　昭38・9)
55 文学座のための戯曲「喜びの琴」が上演中止になったので、「文学座諸君への公開状」を発表(『朝日新聞』昭38・11・27)。
56 短篇集『劒』(新潮社　昭38・12)
57 「喜びの琴」を日生劇場で初演(昭39・5)。
58 『絹と明察』(講談社　昭39・10)。これにより第六回毎日芸術賞(文学部門)を受けた。
59 『第一の性—男性研究講座』(集英社　昭39・12)
60 『音楽』(中央公論社　昭40・2)
61 「憂国」を監督・主演で映画化。

62 「太陽と鐵」を『批評』に連載（昭40・11〜43・6）
63 「サド侯爵夫人」三幕を『文芸』に発表（昭40・11）、単行本として河出書房新社より刊行。劇団NLTによって初演（昭41・1）。これによって文部省第二十回芸術祭賞（演劇部門）を受けた。
64 『三島由紀夫評論全集』（新潮社　昭41・8）
65 『英霊の聲』〔二・二六事件三部作〕（河出書房新社　昭41・6）
66 林房雄との対談『対話・日本人論』（番町書房　昭41・10）
67 『荒野より』（中央公論社　昭42・3）
68 『葉隠入門』（光文社　昭42・9）
69 『夜会服』（集英社　昭42・9）
70 「朱雀家の滅亡」を『文芸』に発表（昭42・10）。
71 伊藤勝彦との対談『対話・思想の発生』（番町書房　昭42・11）
72 中村光夫との対談『対談・人間と文学』（講談社　昭43・4）
73 『三島由紀夫レター教室』（新潮社　昭43・7）
74 『太陽と鐵』（講談社　昭43・10）
75 『春の雪』（新潮社　昭44・1）
76 『奔馬』（新潮社　昭44・2）
77 『癩王のテラス』（中央公論社　昭44・6）
78 『討論　三島由紀夫vs東大全共闘』（新潮社　昭44・6）

79 「癩王のテラス」帝国劇場で劇団雲、浪曼劇場により初演(昭44・7)。
80 大映映画「人斬り」に薩摩藩士田中新兵衛として出演(昭44・9)。
81 昭44年11月文化の日、国立劇場屋上で「楯の会」結成一周年記念パレード挙行。
82 限定本『椿説弓張月』(中央公論社　昭44・11)
83 『三島由紀夫文学論集』(講談社　昭45・3)
84 「石原慎太郎への公開状―士道について」(『毎日新聞』夕刊、昭45・6・11)
85 「天人五衰」―『豊饒の海』最終巻連載開始(『新潮』45年7月、46年1月完結)
86 『暁の寺』(新潮社　昭45・7)
87 「果し得ていない約束―テーマ随想・私の中の25年」(『サンケイ新聞』夕刊、昭45・7・7)
88 対談集『尚武のこころ』(日本教文社　昭45・9)
89 『作家論』(中央公論社　昭45・10)
90 『行動学入門』(文藝春秋社　昭45・10)
91 対談集『源泉の感情』(河出書房新社　昭45・10)
92 東京池袋の東武百貨店で昭45年11月12日より一週間「三島由紀夫展」が催された。
93 「天人五衰」の最終稿を新潮社の編集者に渡す(昭45・11・25)
94 昭45年11月25日、楯の会の主要メンバー4名とともに陸上自衛隊東部方面総監部へおもむき、自衛隊の覚醒と決起を促したのち、割腹自殺をした。
95 昭46年1月24日、川端康成を委員長として葬儀が東京築地本願寺で行われた。戒名は彰武院文鑑公威居士。

なお、全集として次の二種がある(本文中はそれぞれ、全集、旧版全集と略記)。

I 決定版「三島由紀夫全集」(新潮社 平12〜刊行中)

II 旧版「三島由紀夫全集」(新潮社、昭48・4〜51・6)

評伝(三島由紀夫)

1 ジョン・ネイスン『三島由紀夫 ある評伝』(新潮社 昭51・6)

2 佐伯彰一『評伝 三島由紀夫』(新潮社 昭53・3)

3 村松剛『三島由紀夫』(新潮社 平成2・9)

4 奥野健男『三島由紀夫伝説』(新潮社 平5・2)

単行本A

5 磯田光一『殉教の美学』(冬樹社 昭39・12)

6 吉村貞司『三島由紀夫の美と背徳』(現代社 昭39・12)

7 中村光夫・三島由紀夫『対談・人間と文学』(講談社 昭43・4)

8 野口武彦『三島由紀夫の世界』(講談社 昭43・12)

9 田坂昴『三島由紀論』(風濤社 昭45・9)

10　いいだ・もも『三島由紀夫』（都市出版社　昭45・12）
11　野島秀勝『「日本回帰」のドン・キホーテたち』（冬樹社　昭46・4）
12　田中美代子『ロマン主義者は悪党か』（新潮社　昭46・4）
13　村松剛『三島由紀夫―その生と死』（文藝春秋社　昭46・5）
14　武智鉄二『三島由紀夫・死とその歌舞伎観』（濤書房　昭46・8）
15　梶谷哲男『三島由紀夫―芸術と病理』（金剛出版　昭46・10）
16　坊城俊民『焰の幻影』（角川書店　昭46・11）
17　磯田光一『殉教の美学・第二増補版』（冬樹社　昭46・12）
18　渡辺広士『「豊饒の海」論』（審美社　昭47・3）
19　林房雄『悲しみの琴―三島由紀夫への鎮魂歌』（文藝春秋社　昭47・5）
20　平岡梓『伜・三島由紀夫』（文藝春秋社　昭47・5）
21　伊達宗克『裁判記録「三島由紀夫事件」』（講談社　昭47・5）
22　徳岡孝夫・ドナルド・キーン『悼友紀行　三島由紀夫の作品風土』（中央公論社　昭48・9）
23　長谷川泉『彩絵硝子の美学』（至文堂　昭48・11）
24　松本徹『三島由紀夫論―失墜を拒んだイカロス』（朝日出版社　昭48・12）
25　平岡梓『伜・三島由紀夫（没後）』（文藝春秋社　昭49・6）
26　澁澤龍彦『三島由紀夫おぼえがき』（立風書房　昭58・12）
27　ヘンリー・スコット＝ストークス、徳岡孝夫訳『三島由紀夫・死と真実』（ダイヤモンド社　昭60・

11）
28 野坂昭如『赫奕《かくやく》たる逆光』（文藝春秋社　昭62・11）
29 『群像日本の作家18 三島由紀夫』（小学館　平2・10）
30 石原慎太郎『三島由紀夫の日蝕』（新潮社　平3・3）
31 堂本正樹『劇人三島由紀夫』（劇書房　平6・4）
32 福島次郎『三島由紀夫―剣と寒紅』（文藝春秋社　平10・3）
33 安藤武『三島由紀夫の生涯』（夏目書房　平10・9）
34 光栄尭夫『三島由紀夫論』（沖積社　平12・11）
35 宮崎正弘『三島由紀夫はいかにして日本回帰したのか』（清流出版　平12・11）
36 松本徹『三島由紀夫の最後』（文藝春秋社　平12・11）
37 橋本治『「三島由紀夫」とはなにものだったのか』（新潮社　平14・1）

単行本B

1 長谷川泉ほか共編『三島由紀夫研究』（右文書房　昭45・7）
2 読賣新聞社編『三島由紀夫の人間像』（読売新聞社　昭46・3）
3 三枝庸高編『三島由紀夫・その運命と芸術』（有信堂高文社　昭46・3）
4 白川正芳編『批評と研究　三島由紀夫』（芳賀書店　昭49・12）
5 日本文学研究資料刊行会編『三島由紀夫』（有精堂　昭46・11）

6 三島瑶子・島崎博編『定本・三島由紀夫書誌』（薔薇十字社　昭47・1）
7 『新潮日本文学アルバム　三島由紀夫』（昭58・12）
8 『グラフィカ　三島由紀夫』（新潮社　昭58・12）
9 篠山紀信『三島由紀夫の家』（美術出版社　平7・11）
10 細江英公写真集『薔薇刑―被写体　三島由紀夫―』（集英社　昭38・3）

雑誌特集号

1 『新潮』臨時増刊「三島由紀夫読本」（昭46・1）
2 『文学界』特集三島由紀夫（文藝春秋社　昭46・2特別号）
3 『文芸』三島由紀夫特集（河出書房新社　昭46・2）
4 『文芸読本』三島由紀夫（河出書房　昭50・8）
5 『ユリイカ』特集三島由紀夫（青土社　昭51・10）
6 『別冊國文學』No.19・三島由紀夫必携（學燈社　昭58・5）
7 『新潮』没後20年三島由紀夫特集（平2・12）
8 『文學界』三島由紀夫特集（文藝春秋社　平12・11）
9 『ユリイカ』特集三島由紀夫（青土社　平12・11）
10 『新潮』臨時増刊「三島没後三十年」（平12・11）

B　江藤淳

江藤淳著作

1　『夏目漱石』（東京ライフ社　昭31・11）のちに新潮文庫『決定版夏目漱石』として出される。
2　『奴隷の思想を排す』（文藝春秋新社　昭33・11）
3　『海賊の唄』（みすず書房　昭34・8）
4　『作家は行動する』（講談社　昭34・1）
5　『作家論』（中央公論　昭35・2）
6　『日付のある文章』（筑摩書房　昭35・10）
7　『小林秀雄』（講談社　昭36・12）
8　『西洋の影』（新潮社　昭37・10）
9　『文芸時評』（新潮社　昭38・10）
10　『アメリカと私』（朝日新聞　昭40・2）
11　随筆集『犬と私』（三月書房　昭41・4）
12　『文芸時評』（新潮社　昭42・3）
この二冊は『全文芸時評』（上・下二巻、新潮社）として平成1年11月にまとめられる。
13　『江藤淳著作集』1〜5（講談社　昭42）
14　『崩壊からの創造』（勁草書房　昭44・7）

15 評論集『表現としての政治』(文藝春秋社　昭44・7)
16 講演集『考えるよろこび』(講談社　昭45・1)
17 『漱石とその時代』(第一・二部、新潮社　昭45・8)
18 同　第三部(新潮社　平5・10)
19 同　第四部(同　平8・10)
20 同　第五部(同　平11・12)
21 『旅の話・犬の話』(講談社　昭45・9)
22 『夜の紅茶』(北洋社　昭47・3)
23 『アメリカ再訪』(文藝春秋社　昭47・4)
24 『成熟と喪失—〝母の崩壊〟—』(河出書房新社　昭47・8)
25 『一族再会』(講談社　昭48・5)
26 『批評家の気儘な散歩』(新潮社　昭48・8)
27 『江藤淳著作集』続1〜続5(講談社　昭48)
28 『こもんせんす』(北洋社　昭49・3)
29 『海舟余波』(文藝春秋社　昭49・4)
30 『漱石のアーサー王伝説—「薤露行」の比較文学的研究』(東京大学出版会　昭50・9)
31 『続コモンセンス』(北洋社　昭50・12)
32 『海は甦る』全五巻(文藝春秋社　昭51・1〜58・12)

33 『明治の群像I―海に火輪を』（新潮社　昭51・9）
34 『なつかしい本の話』（新潮社　昭53・5）
35 『フロラ・フロアヌスと少年の物語』（北洋社　昭53・6）
36 対談集『蒼天の谺』（北洋社　昭53・9）
37 『再々こもんせんす』（北洋社　昭53・11）
38 随筆集『仔犬のいる部屋』（講談社　昭54・6）
39 『歴史のうしろ姿』（日本書籍　昭54・1）
40 『日付のある対話』（北洋社　昭54・1）
41 『決定版夏目漱石』（新潮文庫　昭54・7）
42 『忘れたことと忘れさせられたこと』（文藝春秋社　昭54・12）
43 『パンダ印の煙草』（北洋社　昭55・3）（「こもんせんす」の単行本化）
44 編書『終戦を問い直す』（『終戦史録』別巻、北洋社、昭55・5）
45 「一九六四年憲法―その拘束」（文藝春秋社　昭55・10）
46 『ワシントン風の便り』（講談社、昭56・4、「こもん・せんす」の単行本化）
47 『落葉の掃き寄せ』（文藝春秋社　昭56・11）
48 編書『占領史録』（講談社　昭56・11～57・8）
49 『ポケットのなかのポケット』（講談社　昭57・11、「こもんせんす」の最後の単行本化）
50 『三匹の犬たち』（河出文庫　昭58・5）

51 講演集『利と義と』（TBSブリタニカ　昭58・6）
52 『自由と禁忌』（河出書房新社　昭59・9）
53 『西御門雑記』（文藝春秋社　昭59・11）
54 『新編　江藤淳文学集成』（全五巻、河出書房　昭59・11〜60・3）
55 『大きな空　小さな空―西御門雑記Ⅱ』（文藝春秋社　昭60・9）
56 蓮實重彦との対談『オールド・ファッション』（中央公論社、昭60・11）
57 『近代以前』（文藝春秋社　昭60・11）
58 『女の記号学』（角川書店　昭60・12）
59 『日米戦争は終っていない』（ネスコ、発売・文藝春秋社　昭61・7）
60 『去る人来る影』（牧羊社　昭61・12）
61 『昭和の宰相たちⅠ』（文藝春秋社、昭62・4）
62 『同時代への視線』（PHP研究所　昭62・6）
63 『批評と私』（新潮社　昭62・7）
64 『昭和の宰相』（文藝春秋社、Ⅰ昭62・4、Ⅱ昭62・11、Ⅲ平1、Ⅳ平2）
65 『昭和の文人』（新潮社　昭64・3）
66 『リアリズムの源流』（河出書房　昭64・4）
67 『連続対談　文学の現在』（河出書房　昭64・5）
68 『離脱と回帰と』（日本文芸社、昭64・7）

69 『閉ざされた言語空間』（文藝春秋社　平1・8、平成6年には文春文庫版が出る）
70 『新編　夜の紅茶』（牧洋社　平1・12）
71 『断固〝NO〟と言える日本』（光文社　カッパ・ホームス　平3・5）
72 『日本よ何処へ行くのか』（文藝春秋社　平3・12）
73 『漱石論集』（新潮社　平4・4、『決定版夏目漱石』以降の漱石論の集成）
74 『言語と沈黙』（文藝春秋社　平4・10）
75 『大空白の時代』（ＰＨＰ研究所　平5・7）
76 『腰折れの話』（角川書店　平6・11）
77 『日本よ、亡びるのか』（文藝春秋社、平6・12）
78 『人と心と言葉』（文藝春秋社　平7・9）
79 『渚ホテルの朝食』（文藝春秋社　平8・3）
80 『荷風散策―紅茶のあとさき―』（新潮社　平8・3、平成11年には新潮文庫版が出る）
81 『保守とは何か』（文藝春秋社　平8・9）
82 『国家とは何か』（文藝春秋社　平9・10）
83 『月に一度』（産経新聞社ニュースサービス発行、扶桑社、平10・3）
84 『南洲残影』（文藝春秋社　平10・3）
85 『南洲随想その他』（文藝春秋社　平10・12）
86 『妻と私』（文藝春秋社　平11・7）

87 『幼年時代』（文藝春秋　平11・8）
88 福田和也編「江藤淳コレクション」1・2・3・4（ちくま学芸文庫　平13・6〜13・10）

江藤淳論

1 菊村均『江藤淳』（冬樹社　昭52・8）
2 月村敏行『江藤淳論』（而立書房　昭57・9）
3 福田和也『江藤淳という人』（新潮社　平12・6）
4 田中和生『江藤淳』（慶應義塾大学出版会　平13・7）
5 高澤秀次『江藤淳』（筑摩書房　平13・11）

論　集

1 『國文學　解釈と教材の研究』（學燈社　昭50・11）
2 『群像日本の作家27　江藤淳』（小学館　平9・7）

あとがき

三島由紀夫はぼくより四歳年長、江藤淳はぼくより四歳年少という間隔があったが、このお二人とはずいぶん親しくおつき合いさせていただいた。

ぼくが三島さんと初めて会ったのは、昭和三十年五月、二十六歳のときだった。当時、ぼくは東大哲学科の学生で、『哲学雑誌』に発表する研究論文を執筆している最中であった。『仮面の告白』や『禁色』に熱中していて、デカルト研究のかたわら、稚拙な「三島由紀夫論」を書きつつあった。ひそかに三島さんに見てもらいたいと考えていた。父君の平岡梓氏の農林省時代の後輩にぼくの知人がいたので電話で三島さんの都合を聞いてもらった。三島さんは気軽に会って下さるという御返事であった。

憧れの人に会えるという期待で、ぼくはかなり堅くなっていたように思う。当時、目黒区緑ケ丘にあった三島邸の一室に招じいれられたぼくがそのとき何を話したのか、ほとんどおぼえていない。ただ、非常に物柔らかで、丁重な物腰で話しかけて下さったことだけが記憶にある。リポート用紙五枚に書かれた「三島由紀夫論」の要旨を一読して、「私の作品の意図を正確にとらえて下さっているように思う。ともかく完成原稿を見せて下さい」と言われた。一カ月で、神西清、寺田透、杉浦民平、奥野健男その他の評論を読み、もう一度文章を推敲して、八十枚の「三島由紀夫論」としてまとめ上げ、もう一度、三島さんに見てもらった。「これをどこかの雑誌に発表する気はありませんか」と尋ねられた。これまでは三島さんご自身に読んでもらえるだけで満足という気持だったが、氏のおすすめで少し欲がでてきた。

「三島由紀夫論」をご本人の推薦というのはおかしいから、奥野健男氏の推薦という形にして、当時三島氏に私淑していた桂芳久が編集するところの『三田文学』の昭和三十一年二月号に、五十枚のエッセイに縮めて発表することになった。『哲学雑誌』は季刊であったので、ずいぶん前にぼくの哲学論文は呈出されていたが、出版が遅れていたので、これが活字で発表された、ぼくの最初のエッセイということになる。

同年、奥野健男氏の処女作『太宰治』の出版記念会に招待されて、まだ全くの無名であった北杜夫とぼくは会場の隅に小さくなっていた。芥川賞を受賞した直後の石原慎太郎も出席していて、颯爽としていた。ぼくも少しだけ、石原氏と話をする機会があったが、おそらく記憶されていないことだろう。二次会の席で、北杜夫を三島氏にひきあわせた。そこで無名の新人北氏が酒の勢いで三島氏に無遠慮な論争をしかけて、周囲をハラハラさせた。

三島さんの発案で、桂芳久氏の『海鳴りの遠くより』の出版記念会(昭和三十一年)があり、そこで江藤淳氏に初めて会った。彼は昭和三十年から三十一年にかけて四回に分けて『三田文学』に「夏目漱石論」を書いていたから、当然、三十一年二月に発表された、ぼくの「三島由紀夫論」のことは知っていた。そこでも、冨島健夫や石崎晴夫などの新人作家と知り合いになった。二次会に澁谷の酒場に行き、そこで富島健夫氏から腕相撲をいどまれた三島氏が、空手できたえられた冨島の腕の筋肉の隆起をちょっとさわってみて、「こいつにはかなわない」と逃げたことが印象的であった。当時、氏はまだボディ・ビルをはじめたばかりで完璧な肉体を誇示するところまではいっていなかったのである。

ほとんどの場合、三島さんとぼくとのつき合いは一対一の関係だった。緑ケ丘の三島邸には三回お訪ねした。いつも外出されるときには一緒についていった。「ぼくは車で銀座まで行くが君はどうする」と言われれば、「ぼくもその方面に行くから乗っけていって下さい」とたのんだ。少しでも長いあいだ、三島さんと話したいからである。一度「中村真一郎の小説を読んで面白かったけど、三島さんは彼のことどう思います」と言って失敗した。三島さんが中村を大嫌いなことを知らなかったのである。三島さんは口をきわめて彼を罵倒した。

昭和三十年七月に文学座の公演「只ほど高いものはない」をご一緒に観に行った。三島さんはアロハシャツにサングラスの恰好で休憩時間は楽屋にいて、芝居がはじまってから一番後ろで立って観ていた。「どうして毎日、観にくるのですか」と聞いたら、「ぼくがこないと役者がセリフをすぐ端折るからね」と言っていたが、ぼくはそのわけを知っていた。小説家は自分の作品を読者がどんな顔をして読んでいるかわからない、平静にか、ボッキしているか、何もわからない。その点芝居は観客の反応がすぐわかるからいい、そういうことを別の機会に言っていたから。

赤坂のムゲンというディスコに一緒にいったこともあった。ぼくは若い頃、ディスコで踊るのが好きだったのである。川端康成氏もここにはときどき来て、美しい女の顔をじっと眺めていたらしい。ぼくが最初に三島さんのお宅に行ったとき、たくさんの美少年の写真入りのラヴ・レターを見せてくれたことがあった。ちょうど『禁色』を書いた直後だったから、その種の男たちからの働きかけがたえずあったのである。「伊藤さんはこちらのほうはどうなの」と聞かれて困った。「三島さんとは反対の興味から、つまり、女なんかを愛さずにおれない、情けない性癖を恥じているからです」と答えた。三島さんはがっかりしているような顔をしていた。

山川方夫は昭和四十年二月二十日、交通事故のために死去した。「痛恨きわまりなし」と江藤は書いている。山川の死は自殺だったという説もあったようだ。江藤が「マンスフィールド覚書補遺」を発表されてからほぼ半年後の、昭和三十年の五月、山川は江藤に評論を『三田文学』

のために書くことを依頼した。こうして、昭和三十年十一月・十二月に「夏目漱石」(上・下)、翌三十一年七月・八月に「続・夏目漱石」(上・下)が『三田文学』に発表された。彼こそ江藤淳の発見者であるといっていい。もう一人の『三田文学』の編集者、桂芳久と江藤とぼくの三人で山川の追悼会をやろうということになった。山川はぼくの友人の奥さんの弟で、不思議な縁があった。江藤の奥さんの友人が経営する銀座のレンガ屋で、ワインを飲み、豪華なフランス料理を食べた。ぼくが「奥野健男の評論は面白いが、あの人間がやりきれない」と言ったら、ただちに「奥野の人間は面白いが、評論はつまらない」という言葉で見事に切り返されてしまった。それから文学者に対する悪口が次から次へと続き、評論家の酷評のすさまじさに驚かされた。それから十年後の昭和五十年に江藤淳に招かれて彼の軽井澤千が滝の別荘に行き長時間歓談し、奥さんの供応を受けた。奥さんから好ましい印象を受けた。

ぼくは江藤の仕事を高く評価しているし、その暖い友情も忘れてはいない。三島が太宰に反発したが最後には似ているところがあることを認めざるをえなかったように、江藤にも三島とそっくりなところがあると思わざるをえない。

昭和四十年に、ぼくは紀伊国屋新書の一冊として『愛の思想史』という本を出した。この本の最初の着想は三島に借りたJ・A・サイモンズの著書(限定出版の稀覯本《きこうぼん》)を読んだとき得られたものであった。そんな縁もあるので、これを献呈したところ、「非常によく書けている」と褒めてくれた。その言葉に気をよくして、四十二年二月に番町書房から出した同書の続編である『愛の思想』の推薦文を依頼した。当時多忙をきわめていた氏がぼくのあつかましい申し出を快くひきうけ、ゲラ刷で同書に目をとおし、推薦の辞を書いてくれたのは並大抵の好意でできることではないと今も感謝している。

同年八月には、同じ番町書房の企画で、四谷の福田屋において「反ヒューマニズムの心情と論理」というテーマで、三島氏と四時間半にわたる対談をした。これは、森有正氏および吉本隆明氏との対談とあわせて、『対話・思想の発生』という題の一冊の本にして、同年十二月に出版された。昭和四十二年というのは、三島氏の思想的転換の時期で、ここには自決にいたるまでの氏の精神の軌跡を知る上においてきわめて重大な発言が含まれているとぼくは考えている。

これほどの大きな氏のご好意に対し、生前においてはなんら報いることのなかったぼくは、いま慙愧にたえぬ気持で一杯だ。今のぼくにできることは、せいぜい、彼が真に訴えたかったこと、その思想的真髄を正しく世につたえることしかないだろう。本書はそういう意図を主たる動機として、書き下されたものである。本書を書くにあたって、文藝春秋の『文学界』の編集次長、大川繁樹氏からいろいろな示唆や激励を受けたことを深く感謝している。ランボオのことをいろいろ御教示いただいた阿部良雄、塩川徹也の両教授には格別の御配慮をいただき感謝に堪えない。サルトルについては谷口佳津宏氏から貴重な御教示を与えられた。本書の出版を心よく引き受けてくれて、ぼくにさまざまの適切な指示を与えてくれた東信堂の下田勝司氏と編集部の二宮義隆氏のいつも変らざるご友情にはどれほど感謝申し上げても足りないような気持でいる。

二〇〇二年五月

著　者

著者略歴

伊藤勝彦(いとう・かつひこ)埼玉大学名誉教授、文学博士
1963年　東京大学文学部哲学科卒業。北海道大学文学部助教授、埼玉大学教養学部教授、東京女子大学文理学部教授、東京大学文学部大学院人文科学研究科講師などを歴任

主要著書・論文

A. 文学関係：『愛の思想史』(紀伊国屋書店)、『愛の思想』(番町書房)、『対話・思想の発生　三島由紀夫＝伊藤勝彦』(番町書房)、評論集『拒絶と沈黙』(勁草書房・三島論2篇所収)、『夢・狂気・愛』(新曜社・三島論2篇所収)、「ゾルレンとしての自我」(『理想』1977年10月号、三島由紀夫論特集)

B. 哲学関係：『危機における人間像』(理想社)、『デカルト人と思想』(清水書院)、『パスカル』(講談社現代新書)、『デカルトの人間像』(勁草書房・学位論文)、『生きることと考えること』(森有正との対談、講談社現代新書)、『美の哲学』(編著、北樹出版)、『情念の哲学』(編著、東信堂)、『愛の思想史〔新版〕』(東信堂)、『世の終りにうたう歌』(編著、新曜社)、『荒野にサフランの花ひらく』(東信堂)、『ささえあいの倫理学』(新曜社)、『哲学への情熱』(勁草書房)、『天地有情の哲学』(ちくま学芸文庫、2000年)

三島由紀夫の沈黙―その死と江藤淳・石原慎太郎―　※価格はカバーに表示してあります。

2002年7月25日　初　版第1刷発行　〔検印省略〕

著者©伊藤勝彦／発行者 下田勝司　印刷・製本／中央精版印刷

東京都文京区向丘1-20-6　郵便振替00110-6-37828　発行所
〒113-0023　TEL(03)3818-5521　FAX(03)3818-5514　株式会社 東信堂

Published by TOSHINDO PUBLISHING CO., LTD.
1-20-6, Mukougaoka, Bunkyo-ku, Tokyo, 113-0023, Japan
E-mail：tk203444@fsinet.or.jp

ISBN4-88713-448-7 C3095 ¥2500E

東信堂

教材 憲法・資料集	清田雄治 編	二九〇〇円
東京裁判から戦後責任の思想へ〔第四版〕	大沼保昭	三二〇〇円
〔新版〕単一民族社会の神話を超えて	大沼保昭	三六八九円
「慰安婦」問題とアジア女性基金	大沼保昭・下村満子・和田春樹 編	一九〇〇円
なぐられる女たち—世界女性人権白書	米国国務省 有澤・小寺・鈴木・米田 訳	二八〇〇円
地球のうえの女性—男女平等のススメ	小寺初世子	一九〇〇円
借主に対するウィンディキアエ	S・I・ブルトゥス 城戸由紀子 訳	三六〇〇円
入門 比較政治学—民主化の世界的潮流を解読する	H・J・ウィーアルダ 大木啓介 訳	二九〇〇円
ポスト冷戦のアメリカ政治外交—残された「超大国」のゆくえ	阿南東也	四三〇〇円
巨大国家権力の分散と統合—現代アメリカの政治制度	今村浩・三好陽 編	三八〇〇円
プロブレマティーク国際関係	関下稔他 編	二〇〇〇円
クリティーク国際関係学	関下稔・永田秀樹・中川涼司 編	二二〇〇円
太平洋島嶼諸国論	小林泉	三四九五円
アメリカ極秘文書と信託統治の終焉	小林泉	三七〇〇円
刑事法の法社会学—マルクス、ヴェーバー、デュルケム	J・インヴァラリティ 松村・宮澤・川本・土井 訳	四四六六円
軍縮問題入門〔第二版〕	黒沢満 編	二三〇〇円
PKO法理論序説	柘山堯司	三八〇〇円
時代を動かす政治のことば—尾崎行雄から小泉純一郎まで	読売新聞政治部 編	一八〇〇円
世界の政治改革—激動する政治とその対応	藤本一美 編	四六六〇円
〔現代臨床政治学叢書・岡野加穂留監修〕		
村山政権とデモクラシーの危機	岡野加穂留・藤本一美 編	四二〇〇円
比較政治学とデモクラシーの限界	岡野加穂留・大六野耕作 編	四二〇〇円
政治思想とデモクラシーの検証	岡野加穂留・伊藤重行 編	続刊

〒113-0023 東京都文京区向丘1—20—6 ☎03(3818)5521 FAX 03(3818)5514 振替 00110-6-37828

※税別価格で表示してあります。